红棉花开

峭壁上的芭蕾

陈建族 著

中国纺织出版社有限公司

内 容 提 要

散文集《峭壁上的芭蕾》分为"亲情印记""军旅情怀""家乡采风""家乡风物""他乡走笔""南粤风情""体育情结"和"征文练笔"八辑,每一辑都特色鲜明、亮点纷呈。大部分作品有编辑或名家的点评,是一本学习散文写作的好读本。

图书在版编目(CIP)数据

峭壁上的芭蕾/ 陈建族著. -- 北京:中国纺织出版社有限公司,2025.2
(红棉花开)
ISBN 978-7-5229-1776-4

Ⅰ.①峭… Ⅱ.①陈… Ⅲ.①散文集-中国-当代
Ⅳ.①I267

中国国家版本馆CIP数据核字(2024)第096299号

责任编辑:林 启　　责任校对:高 涵　　责任印制:储志伟

中国纺织出版社有限公司出版发行
地址:北京市朝阳区百子湾东里A407号楼　邮政编码:100124
销售电话:010—67004422　传真:010—87155801
http://www.c-textilep.com
中国纺织出版社天猫旗舰店
官方微博 http://weibo.com/2119887771
北京虎彩文化传播有限公司印刷　各地新华书店经销
2025年2月第1版第1次印刷
开本:880×1230　1/32　总印张:72
总字数:890千字　总定价:680.00元(全9册)

凡购本书,如有缺页、倒页、脱页,由本社图书营销中心调换

老爸,您真了不起!(代序)

陈婷

老爸,您的散文作品集《峭壁上的芭蕾》就要出版了,说请我写几句说说您。我想了好长时间,觉得您对我培养了几十年,应该找机会赞美赞美您,这机会来了,就别错过。我也知道,出书请名人名作家作序的多,而您选择自己的女儿来作序,我想您有您的道理。因名人名作家作序,不管怎样写,也写不出您的四个"不易":

一是走出苗乡城步"不易"。我们的家乡在湖南省城步苗族自治县。我们的村庄四面环山,一条小溪从家门口穿过。村里有明清古民居,也有苗家吊脚楼,但您出生的那些年月,非常缺衣少食少医。听奶奶说,您出生时身单力薄,到6岁上学那年,身子骨才硬朗起来。家里有80多岁的祖母,还有一个生活不能独立的姑婆,奶奶又多病,一家人的生活全靠爷爷一人。您从小懂事,放牛砍柴,样样能干,成了爷爷的好帮手;上学读书,功课门门优秀,经常得到老师的夸奖和表扬。就这样，家里在爷爷和您的打理下，日子一天比一天好起来。到了1985年8月，征兵工作开始，您一听征的是海军，二话没说报名了。没有背景的您，硬是凭着身强体壮，闯过了体检关；凭着平时读书多的功底，通过了政治考核关。就这样，您成为人民海军序列中的一员。

二是步入火热军营"不易"。踏入火热的军营，您知道要想在军营有立足之地，必须抓住训练之余多读书，不断提升自己，才能成为一名有文化的合格军人。您知道自己的文化底子薄，便把有限的津贴（当年一月才12元）用于购买写作书。有了一定写作基础后，您便尝试着向《人民海军》《解放军报》投稿。没想到，不久稿子就被采用。于是，您成了连队的文书、团大队的新闻报道员、军部里的得力新闻骨干。功夫不负有心人。后来您被保送到中国人民大学读书，提干后成了《人民海军》南海站记者。当上军事记者，您经常不着家，弄得我当时也有所不解，后来才听您说，台湾海峡、巴林塘海峡、曾母暗沙、南康暗沙等南中国海海域航迹里，都留下了您的笔墨，上千篇文章见于军内外报刊，并有数十篇文章入选各类作品集和征文奖，您还获得过《解放军报》征文一等奖和全国行业好新闻三等奖，还多次荣立三等功。

三是转业地方工作"不易"。2004年，您在《人民海军》南海站岗位干得正欢时，却又作出了转业到地方工作的决定。基地首长和报社领导多次找您谈话，希望您留下来继续做好军事新闻宣传工作，但您谢绝基地首长和报社领导的好意，转身投入地方建设行列。记得您转业选工作单位也挺令人仰慕。您被广州市体育局选定后，谁知又被当时的广州市委组织部的领导看上了，说您不凭关系凭本事，毛遂自荐送简历，文字功底也很深厚，这样的军转干部一定得到组织部来。多位领导找您谈话，让您考虑考虑再决定，至于体育局的工作，他们出面来协调。您没有多想，便借口要参加广州亚运会工作，婉拒了去组织部工作。到体育局工作后，您从科员到主任科员、主任，再到副处长、处长和一级调研员，都没有离开过法规宣传处，因为您工作兢兢业业，学习扎扎实实，知识储备丰富，是集体育理论、新闻宣传、舆情处置、法治建设于一体的好手。

四是做好体育新闻宣传"不易"。到广州市体育局工作后，您充分发挥当军事记者能策划、会写稿、善推广的优势，成功负责了中美巴篮球对抗赛、美国NBA篮球中国赛、国际女子网球公开赛、世界乒乓球锦标赛、苏迪曼杯羽毛球赛、世界羽联羽毛球巡回赛总决赛、世界攀岩赛、广州马拉松赛等近百场赛事的新闻策划和宣传推广活动；多次担任广州体育代表团新闻官，带领媒体记者出色完成了多届省运会、城运会、全运会等新闻策划和报道任务；出任广州亚运会总指挥部媒体突发应对小组副组长，出色完成了近百场新闻发布会口径的撰写任务，编写了广州亚运会、亚残运会热点舆情应对口径书，成功应对了数十起突发新闻事件，工作多次得到组委会领导的表扬。与此同时，您还带领团队出色完成了金砖国家运动会、世界男篮锦标赛等媒体服务工作；每次赛事结束，您还加班加点为《南方日报》《羊城晚报》《广州日报》撰写体育评论文章。

您的散文作品集《峭壁上的芭蕾》，除了5篇军旅期间写的作品，大部分是2014年后写的作品。作品集分为八辑，分别为"亲情印记""军旅情怀""家乡采风""家乡风物""他乡走笔""南粤风情""体育情结""征文练笔"，每一辑都特色鲜明、亮点纷呈，让我读后百感交集。

第一，感谢您告诉我们的"家庭史"。第一辑"亲情印记"中，我从《一个多甲子后的问候》和《父亲的"断根肉"》等文中，读到了曾祖父英年早逝引出的家庭变故，也了解了爷爷从邵阳来到城步做上门婿的缘由，读懂了爷爷离家、想家、念家的情怀；从《峭壁上的芭蕾》一文，仿佛看到了爷爷从小在艰苦环境中生活的场景，也了解到爷爷为了生存练就爬树功夫的经过；《妈妈的菜地》一文，让我感受到了"嫁"到苗乡城步、白手起家的爷爷与奶奶的生活不易，感受到了他们之间的爱是那么纯真，也体会到了他们为了让家里有饭吃所付出的努力。

第二，感谢您告诉我们的"爱国史"。无论是您在军旅写的《当火头车的中校大人》《海上布靶兵》《虎门．铁臂托举中国心》等作品，还是转业到地方后写的入选高中语文课本成考试题的《走进井冈山》和《那盏印有英文字母的红军马灯》，您作为一名曾经的军事记者，不仅选材角度新颖，立意也非常高。比如，从"一双巨手将一支烟枪拦腰折断"入手写的《虎门：铁臂托举中国心》，再到将红色与旅游相结合写就的《走进井冈山》，小口子，大情怀，优美的文字，让我感受到了您家国情怀的深厚。

第三，感谢您告诉我们的"家乡史"。我虽然出生在家乡湖南省城步苗族自治县旺溪村，但3岁就随您和妈妈来到广州，对所出生的村、所在的县情况知之甚少，是您的文章《心灵在城步苗乡净化》，用"山水城步：触动心灵之弦""风情城步：荡漾心灵之歌""印象城步：舞动心灵之美""历史城步：升华心灵之魂""舌尖城步：洗尽心灵之尘"作小标题，让我全方位了解了家乡的人文底蕴和风土人情；是您《南山的蓝》的美文，让我读到了家乡有个南方大草原，有着"南方呼伦贝尔"的荣称；是您《寻梦大寨》的绝品雄文（江山文学网评的），让我了解了家乡有着一千六百多年的古杉群……

第四，感谢您告诉我们的"宝藏史"。我3岁离开家乡，对家乡苗乡城步究竟有哪些风物宝贝一无所知。通过您的美文《苗乡城步"三绝"》，才知道家乡有"古苗文"摩崖石刻群，有2条编入上海大世界基尼斯之最史册的"世界最长吊龙"，还有藏在深山小溪里的300万年前的冰臼宝贝；读了您的《某人印象》，才知道家乡有上帝赐予苗民的灵丹妙药、植物界的"大熊猫"、人类健康的第三棵树——青钱柳……

第五，感谢您告诉我们的"体育史"。知道您在广州市体育局工作很忙，但不知道您在工作中还挤出时间写了那么多与体育相关的散文。您把不能当作新闻报道的材料，用文学的语言写成散文，发表在《南方日报》《羊城晚报》《广州日报》《南方都市报》副刊版上，既给读者一种清新悦目的美感，也让我从您的美文中了解到留存在体育赛事里的别样故事，更知道了您亲身体验后的哲理思考。

第六,感谢您告诉我们的"他乡史"。您利用节假日或休假,随记者或作家去外地采风,让我从您的作品中感受到了祖国山河的秀美。您的《柔情下梅古韵深》,让我知道在福建武夷山下有个茶香飘四季的村庄——下梅村,那里是当年中苏万里茶道的起点。还有您的《净影寺里寻"净""影"》,让我更加感受到了祖国地大物博,感受到了大自然的鬼斧神工。您写的《梦圆黄河三峡》,让我知道黄河三峡的水是清澈的,三峡里的山是秀丽的,三峡里的人们是有情怀的。

老爸,对您《峭壁上的芭蕾》作品集中其他美文就不一一赞美了。我读了您这本散文作品集,觉得是一本很好的散文写作教科书,值得散文爱好者研究学习。

(陈婷,毕业于英国朴次茅斯大学,硕士)

目 录

001　辑一　亲情印记

002　一个多甲子后的问候

005　父亲的"断根肉"

009　峭壁上的芭蕾

013　妈妈的菜地

017　八旬岳母修路记

022　年猪叫来"幸福年"

025　八旬老农写礼歌

030　七彩人生花

033　少年苗族歌王杨章庆

037　辑二　军旅情怀

038　舰上来了个上校"女水兵"

041　当火头军的中校夫人

045　海上圆梦

049　海上布靶兵

052　虎门：铁臂托举中国心

054　最柔美的军人
062　边关军歌响起来
068　离开军事记者岗位这 10 年

081　辑三　家乡采风
082　心灵在城步苗乡净化
095　南山的蓝
104　寻梦大寨

113　辑四　家乡风物
114　那盏印有英文字母的红军马灯
118　走过红军桥
121　一门两省湖广情
126　舌尖上的乡愁
130　苗乡城步竹筒酒
135　苗乡城步"三绝"
146　苗乡城步"五韵"

155　辑五　他乡走笔
156　走进井冈山
160　柔情下梅古韵深
166　三坊七巷的遐想

169　情醉红石峡
173　千年银杏不老之泉
176　龙脊长城的遐想
180　净影寺里寻"净""影"
184　梦圆黄河三峡

191　辑六　南粤风情
192　在瑶族古山寨遗址中穿行
195　嫁给剪纸的女人
200　印象溪头
203　融　合
206　从化有个开山节
209　我恋上了那琴半岛的奇石秀山
212　把心放飞浪琴湾
216　开在田埂上的墟日

219　辑七　体育情结
220　"奔跑中国"带我跑进人民大会堂
223　留存在金砖国家运动会里的友谊事
228　国际龙舟邀请赛里的"一带一路"
233　三篇美文
236　海角红楼别样红

239　"小蛮腰"的魅力
242　万里归来铸羽球
249　广州马拉松赛跑来了5名苗族汉子

253　辑八　征文练笔
254　三看增江水
259　某人印象
262　哨所门前那片橡胶林
266　《南方日报》助我写作之路走得更远
270　星海淌过我心河
278　文缘情定东涌

282　后记　尊重事实

辑一 亲情印记

一个多甲子后的问候

亲爱的爷爷奶奶：

又是一年清明节，你们的孙子第一次给你们写信。

也许你们会问：孙子呀，爷爷奶奶已经在地下睡了一个多甲子了，你怎么今天才写信呢？

是啊，这封跨了一个多甲子的信，我也想了好久，觉得还是很有必要说说你们走后家里发生的变故。

爷爷，那年您走后，奶奶失去了主心骨，家里一贫如洗，她只好带着小叔改嫁，把我爸爸送去了一座陈旧的庙宇居住，爸爸于是靠给人家看牛养活自己。十四岁左右就没有爹娘的孩子，他的日子过得怎样？我想，您在地下应该感应得到他的艰难。后来，为填饱肚子，爸爸只好随村里人来到苗乡城步，当了一名卖苦力的锯木工。那时的苗乡城步重男轻女观念特别重，我爸爸住的村里有一户人家要招上门女婿，他们看中了爸爸的憨厚，想招他上门。我想，爸爸当时心里也特矛盾：上门吧，那个女人是个"哑巴"，今后的生活全部要自己担当；不上门吧，家里既没爹娘又没有一间屋，今后娶不上老婆怎么办？左思右想，尽管语言不通，尽管路不好走，最终，爸爸还是"下嫁"了。可是好景不长，她因难产去世，爸爸再次成了孤独的人。后来，在家族堂爷爷的帮助下，爸爸才把我妈妈娶进了门，才有了我和弟弟两个儿子。

奶奶，那年您带着叔叔一起改嫁了。我想，爸爸他当时也很想跟您一同过去，可是那边的爷爷家里条件也不大好。我想，当时对您来说也很矛盾，带上爸爸，您怕给那边的爷爷增添负担；不带嘛，又怕还没有独自生活能力的爸爸受苦。但您为了给爷爷留下根，还是把我爸爸留在了邵阳一个叫石子江的小村。爸爸后来告诉我，奶奶您改嫁后，他也哭过。奶奶您想想，一个十四岁左右的孩子，没爹没娘，一个人住在陈旧的庙里，他怎能不哭呢？不过哭多了，爸爸也想明白了您的用心良苦。十六岁那年，爸爸随锯木队来到苗乡城步，并在这里成了家，但他在心里一直惦记着您。尽管爸爸心里有委屈，也有苦衷，但这么多年来他一个人默默地承受，也像您一样，为儿孙有出息默默奉献。奶奶，对您的离世，爸爸也很内疚。您走时，我爸爸未知音讯，因苗乡山寨那时不通公路，也没电话，爸爸不识字，更谈不上写信。多年后，家里的晚叔（二爷爷的儿子）来苗乡城步寻找我爸爸时，他才知道您已经走了很多年……

爷爷奶奶，我从军后，爸爸回过邵阳老家，至于他回去干了些啥事，他从未跟我说起。我想，爸爸一定去你们的坟头看过，也许还在你们的坟前对你们说过不少多年压在心头的心里话。如今，我爸爸已经走了，走的那年八十三岁。爸爸走时，虽然没有说什么，但你们的形象在他和我们的心中都是崇高的。

安息吧，我那从未见过面的爷爷奶奶！

（原刊于 2022 年 04 月 02 日《广州日报》）

父亲的"断根肉"

人的一生有好多事要靠自己去决断。特别是当利与弊共同存在的情况下,要决断其轻重,做出明智的选择,这不仅要有勇气和胆量,还要冒一定的风险。我那没文化的父亲就经历过一次重大的抉择。

大约是在1973年6月,四十多岁的父亲眼见连生了六个儿女,却只有我这个儿子活下来了,而母亲又怀孕了,于是毅然决定自己去结扎。

父亲的决定让人觉得不可思议。村里的人都说他脑袋有毛病,人家有五六个儿子的,还想生个女儿,可他倒好,只有一个经常生病的儿子,妻子肚中怀的还不知是男是女,就做出了结扎的决定。是不是想吃结扎后那二斤半的"断根肉"?村里的人这样议论还说得过去,可我母亲也不理解。在父亲去乡卫生院做绝育手术的前一天,她几乎与父亲吵了一夜。

我那时刚读小学,稍懂一点事。记得那天下午,父亲拖着疲惫的身子提着二斤半猪肉回来了。母亲一见他回来，马上把门闩上，不让父亲进家门。后来，不知过了多久，也许是我的哭闹声打动了母亲的心，父亲才得以进了家门。

此时，夜幕已降临了，父亲为了让母亲消消气，一声不吭地下厨做饭，用结扎后补助的二斤半猪肉做了好几个菜，可母亲还是生气地坐在椅子上一动也不动。饭做好后，父亲叫我和母亲吃饭。平时难见到油腥的我，急急地端起碗夹起一块猪肉就要往嘴里塞，母亲见此情景，猛地站起来夺掉我的筷子，大声地吼道："不要吃他的断根肉！"顿时，年幼不懂事的我哭了。父亲没有吭声，只顾吃他的饭；他深知母亲的脾气，在这气头上怎样解释都是徒劳。

夜很深了，父亲怎么也睡不着。他提着烟袋坐到灶前，抽完一袋又接着一袋，不知不觉几袋烟抽完了，随即他那不轻易掉的眼泪也流了出来……

随着年龄的增长，岁月的流逝，我对吃"断根肉"的事淡忘了。可是没料到在我上中学的那年，一天，父亲把我和上小学的弟弟叫到堂屋，向我们叙述了他当年吃"断根肉"的想法。父亲十四岁时爷爷去世，奶奶只好带着小叔改嫁他乡。没爹没娘的父亲成了孤儿，只好住进了村里的一座小庙，直至他倒插门来到我降生的这个少数民族县。前妻是一个哑巴，因不懂卫生知识，生小孩时难产死去了。为让这个家族有传宗接代的人，父亲把我的母亲娶进了门。那时爷爷奶奶的家庭条件也不好，除了一间破屋，几乎一无所有。家庭条件差，加之没有什么医疗保障，母亲连生了六个儿女才养活了我这个有大气病的儿子。家里为了给我治病，几乎借遍了所有亲戚，负债累累。母亲因生儿女时营养跟不上，已多病缠身。在那个靠工分养家的年代，父亲何尝不想多生儿子给家中添个劳动力呢？可是，家中的现实压得他喘不过气来。尽管他日夜操劳，家中的债务不仅没有减少，反而不断增加。这时，父亲悟出了一个朴素的道理：只有少生，家境才能好起来。于是，他在我小弟出生前，断然去做了结扎。听了父亲情真意切的讲述，我明白了，他这样做，都是为了这个家好，为了让我们有条件更好地读书，将来有出息啊！

父亲这明智的选择，果然使家中发生了翻天覆地的变化。随着改革开放，父亲的辛勤劳动使家里有了节余，还清了债务，还从低矮的房子搬进了新居。母亲的病也因家庭环境的改善而大有好转，她能下地做工了。我这个当初被父母视为命根的儿子也顺利地读完了中学，还当了兵。村里人议论起父亲当年吃"断根肉"的事，口气也从当年的不理解转为羡慕。他们说我父亲吃那块"断根肉"，吃得值！如今，我们不仅家庭条件不错，还出了村里有史以来的第一个军官。

父亲吃"断根肉"的事已经过去二十多年了，这件事使父亲在我心目中的形象永远是明智的、伟大的，无形中也影响着我在生儿育女方面做出的选择。1992年11月，女儿出生后，我回到家乡休假，村里的亲戚朋友都来劝我："建族，你们夫妇都是少数民族，加之你妻子现还未随军，按政策规定还可以生第二胎，你们过几年再生一个，这样保险一点。"岳母与母亲也来做我和妻子的工作，说：

"你们以后要在外面成家立业,一个孩子太孤单,还是再生一个为好。"我总是推托,说:"现在不再是你们那个重男轻女的时代了,现代人注重的是对儿女的培养,看他们是否有出息;注重的是生活质量。你们当初生那么多儿女,被家庭负担累出一身病,有什么好呢?我认为还是像父亲那样吃'断根肉'好。"她们见我这样坚定,也没话说了。

1995年,我因去北京的中国人民大学学习,便把妻女从部队送回老家。村里人见我女儿不仅讲文明、懂礼貌,还能背诵唐诗宋词,唱歌跳舞更是不在话下,羡慕得不得了。他们说:"你看,把精力放在培养女儿上,多好!"上了年纪的老人见人们在议论我,也凑过去打趣地说:"他们家有种,是吃'断根肉'长大的。"

(原载于1997年《人之初》杂志第6期,获征文三等奖)

峭壁上的芭蕾

每个人都有心目中的英雄偶像,我也不例外。特别是对能爬树、能爬峭壁岩石的人,我从小就很敬佩,因为我的父亲就是其中一位。虽然他的爬树、爬峭壁技能只是为了生存,为了养活我们一家老小,但他确是我心目中非常崇拜的英雄之一。

记得缺衣少粮的年代,父亲凭他瘦小的身体和麻利的爬树、爬岩壁技能,总能给我们全家带来山野美食,让我们把饥饿的肚子填饱。野果、板栗、米珠子熟了,他带上我母亲走进大山,爬上二三十米高的野果树、板栗树、米珠子树,用手和脚摇动,熟了的野生板栗球、米珠子球等哗哗落地后,他和我母亲便一粒一粒把它们捡入袋中,回到家中想法子做成豆腐和米糕。岩耳长成串时,他会用山藤做成爬岩壁的工具,把峭壁岩石上茂盛的岩耳收入背包里,让我们品尝那来自岩壁的绝佳美味。

父亲用这种技能,让我认识到了在那年那月生存的艰辛,让我感受到了在大山深处生活要拥有这种技能的渴望。我不知道父亲是怎样练就这一身技能的，但爷爷肯定没教过他，因在他十四岁左右时，爷爷就因一场大病走了。后来，我想父亲肯定是被生活困境所逼的，因爷爷去世后，奶奶也带着小叔改嫁了，他不得不凭自己的手脚来生活。我深信，我父亲的这身本领是摔出来的。

后来，我走出大山，成为中国人民解放军中的一名海军战士。这时，我才知道，攀岩是一项极限运动，是部队里的一个必备军事训练科目。我才知道，1974年这个项目被列入了世界体育比赛项目。我才明白，这一富有刺激性和挑战性的攀爬项目深受广大青少年的青睐，进而在世界各国广泛普及，原因是这项运动利用了人类原始的攀爬本能。借各种装备作安全保护，在各种高度和角度的岩壁上，连续完成转身、引体向上、腾挪甚至跳跃等惊险动作，把健身、娱乐、竞技等刺激而又不失优美的攀爬技能展现得淋漓尽致，故而攀岩被全球攀岩迷们称为"峭壁上的芭蕾"。

十多年前，转业到地方体育部门工作后，因宣传工作需要，我与攀岩这项运动项目结下了缘。结了缘，必须了解这一运动的过往。于是，我走进了史册，了解到人类最早的攀登记录，是1492年法国国王查理八世命令 Domp Julian de Beaupre 去攀登一座名为 Inaccessible 的石灰岩塔，高度约为304米。据记载，当时他带着简单的钩子和梯子，凭着经验和技巧而成功登顶。这次攀登是历史上第一个有记录并使用装备进行攀爬的攀岩事件。我也了解到，攀岩运动在欧美及亚洲的日本、韩国相当流行。当今世界攀岩水平数欧美特别是法国与美国最高,其中法国在人工岩壁领域上占优,美国则在自然岩壁领域上称强。而在亚洲攀岩领域中,日本、韩国水平较高,他们有些选手已达到世界顶尖水平。中国的水平大体相当,属亚洲中流水平。

然而,真正零距离目睹世界顶尖高手在难度攀岩和速度攀岩上跳"芭蕾舞",是在今年刚刚在亚洲第一攀岩场——广州大学城体育中心攀岩场举行过的2017国际攀联中国攀岩公开赛上。这是国际攀岩联合会和广州市人民政府联合打造并首创的顶级赛事,也是一项将连续六年在广州举办的品牌赛事。本次赛事设有男女难度、速度、攀石六个比赛项目,我有幸看到了来自世界各地近百名顶尖攀岩选手在人工岩壁上"舞蹈"的精彩场景。其中,亚尼娅·甘布莱特、弗拉迪斯拉瓦·德兰、尤莉娅·卡帕琳娜、千忠源等各单项世界排名前十的大神级选手的比赛,更是让我开了眼界。那场景、那速度、那节奏、那掌声,置身其间,无法不被这些高手们娴熟超凡的攀岩技能深深折服。我终于理解了"峭壁上的芭蕾"的内涵与外延。

攀岩,人类原始攀爬的本能;攀岩,父辈们那年那月生存的技能;攀岩,当代人健身运动的项目;攀岩,世界顶级高手交流的平台;攀岩,连接世界各国间友谊的桥梁。

攀岩,"峭壁上的芭蕾",明年广州大学城体育中心攀岩场的相约,你的舞蹈速度会让更多人折服,你的舞蹈雅姿会让更多人喝彩。

攀岩，我们明年再会。

（原载于 2018 年 02 月 04 日《南方日报》）

赏析：

作者最初对于攀岩的认识，是源于父亲。那时候生活贫困，为了生存，父亲用瘦小的身体和麻利的爬树、爬岩壁技能，带给全家山野美食。而作者在长大走出大山参军以后，才对攀岩有了更进一步的认识——攀岩是一项极限运动，也是部队里的一个必备军事训练科目，攀岩这个项目被列入了世界体育比赛项目。这一富有刺激性和挑战性的攀爬项目深受广大青少年的青睐，进而在世界各国广泛普及。文章对攀岩这一项目的操作特点以及这一项运动的起源演变过程也做了细致的追溯。攀岩就是"峭壁上的芭蕾"，让无数人为之喝彩，为之折服！文章对攀岩这项运动做了全面而详细的介绍和阐述，科学性与文学性兼具。

——江山文学网叶华君老师

妈妈的菜地

回到了山温水暖的家乡湖南省城步苗族自治县旺溪村,爬上近200米高的山坡,便是母亲常种的一块菜地。经常参加户外徒步活动的我,竟感到有点喘不过气来。不知是我想看看母亲所种菜地里的风景而走得太急的缘故,还是我体验过母亲每天在山坡上爬行后产生的内疚心理所致。总之,无论是哪种原因,都让我无法释放压在心头的那份痛。

一米五五左右个头的母亲,七十八岁,身体不是很好,我真不知她是怎样将种菜的肥料挑上去的,也不知她在这坡路上歇了多少回,更不知她在这坡路上摔了多少次跟头。

菜地里的风景是怡人的:郁郁葱葱的萝卜、大葱、大蒜,还有那青白相拥的白菜……依稀中,我仿佛看到了母亲喜看丰收的笑脸,亦品读到了母亲一生为儿女及家庭的用心良苦。

说起母亲开荒种菜的事,记忆的闸门一下子打开啦……

在那缺衣少粮的年月，爷爷奶奶留下的菜地太少，为养家糊口，她与父亲不辞辛苦，把菜地开到2公里外的山坡和山沟上去了。在那平静的岁月，她与父亲把山坡的菜地一块一块延伸，菜地里的风景随着季节不断变化，菜的品种也从过去的单一变得丰富起来，萝卜、芥菜、红菜薹、包心白菜。生活条件逐渐殷实后，年岁已高的母亲放弃了2公里外的山坡菜地，但坚守着这200米高山坡上的八块菜地。

这些年，父亲生病后行动不便，我曾劝年岁渐老的母亲别种菜了，但她始终不听。今年，她不仅把菜地种满了，还养了一头猪。有时我从电话中得知她感冒生病了，难免会责怪她几句。可她总是说，现在运来卖的蔬菜都是打化肥、农药的，吃了对身体不好，趁身子骨还好，种一点既可供一家人吃，还可以让我们回家过年过节时品尝到新鲜的有机菜，剩下的还可作为养猪的饲料。

雨越下越大，没带雨伞去菜地扯猪草的母亲还没回来。我急了，赶紧换鞋带上雨伞爬上200米高的山坡。背篓放在梯田式的菜地上，唯独不见我的老母亲，呼唤也听不到回音，往高处几块菜地上看，也不见她的身影。顿时，我感到天空中的雨凝滞了。赶紧跑上高处的几块菜地寻找，一个熟悉的身影在转弯处的菜地忙碌着。这下，那颗悬在胸口的石头终于落地了。我赶紧递上雨伞，然而雨水已浸湿了母亲厚厚的外衣。

陪伴母亲大半生的伴侣——我的父亲走了，母亲一下子老了许多，一连好几天不说话也不想吃饭。她内心该有多大的痛苦！作为子女，我们唯有用陪伴与劝慰来面对我那日渐形消的母亲。为转移这突如其来压在全家人心头的乌云，更为了我那可爱的老母亲，我提了个建议，去母亲钟爱的菜地走走，母亲欣然同意了！果然，一来到菜地，压在母亲脸上多日的愁云顿时散开了。她一会儿说说这菜的长势，一会儿说说那菜的采摘与收获……是啊！这菜地是她和父亲共同开拓的结晶，是他们俩幸福生活的过往和希冀，唯有在这菜地上，母亲还能找回她与父亲一同走过的时光与岁月。

我知道，母亲的菜地里种下的是一种信念、一种念想、一种山温水暖的情怀。我知道，母亲希望从她菜地的延伸看到不同时段的喜悦：生日里，有儿孙品尝她的丰收成果；平日里，有儿孙回家品尝她不同时节的蔬菜；节假日里，有一家人团聚品尝她不同品种蔬菜的欢乐。

母亲的菜地，地温菜暖；母亲的菜地，情深意长；母亲的菜地，家国情怀。

（原载于 2018 年 01 月 11 日《南方日报》）

赏析：

妈妈的菜地贯穿着岁月的沧桑，它们是一家人走过风风雨雨的见证。妈妈的菜地里埋藏着与父亲走过的时光与岁月，也是生活希望的寄托。母亲在自己的菜地里洒下了辛勤的汗水，菜地也是母亲精神的家园，她在那里找到了生命的意义。一篇真情朴实的文字，这是对家的颂歌,这是对母爱的颂歌,情深意长,耐人寻味。

——江山文学网叶华君老师

八旬岳母修路记

岳母,陈仔桃,是一个典型的"80 后",也是一名土生土长在湖南省城步苗族自治县丹口镇群旺村的苗民。

去年 12 月,八旬的岳母干成了一件大事,成了新闻人物,得到了村里村外苗民的盛赞。

八旬岳母到底干成了啥大事呢?

原来,岳母学起了愚公精神,她向子女和孙辈们商议集资,把家门口一条长约 200 米被山洪冲得坑坑洼洼的山路,硬化成了一条宽约一米的水泥路,既方便了她自己出行,也让从这里路过村寨的人们得到了便利,更让从这里经过去种田挑担的苗民们得到了实惠。八旬岳母修路,真可谓一举三得。

其实,我知道八旬岳母修路原本是为了却个人的心愿。

听妻说,从前她们家住在山脚下的一个山冲口,远离苗寨村庄,出行极不便利。为了搬离山冲,让将来子女有个好住处,岳母、岳父和奶奶、三叔节衣缩食，用了2年的时间节省出100多斤口粮准备修屋。在外工作的二叔得知岳父修屋的消息后，也专门寄来节省的钱给予支持。就这样，集全家之力，一座五柱七瓜的吊脚楼在这个田园环抱的地里建成了。

屋修好，路得通。为不耽误生产队出工，岳父、岳母只好带着三叔、四叔趁天亮未出工时或晚上散工期间，挑土、填石、整修，前前后后，花了个把月的时间，终于把新家的路连接到村里出行的老路。

山区多风雨，又易暴发山洪，岳父带着弟弟们修的路经常会被雨水冲刷成坑或泥潭，甚至一段段路基坍塌了。于是，修整家门口这段200米左右长的路，成了岳父岳母和叔叔们每年的常态工作，家中也形成了爱路、护路的家规。

20世纪80年代初期，山场开发，一条能开拖拉机进出拉木头的机耕道在岳父岳母家门口开通。路通环境变，有了余钱剩米的岳父岳母，把吊脚楼全部换上了瓦片房顶，还在屋的两头分别增修了一栋横屋吊脚楼。

好景不长。山场开发过后，山场的树木日渐稀少了，通往山场的路也成了可"罗雀"的路了，机耕道也因此无人维护。尽管这样，岳父岳母依然带着子女们，在每年山洪过后把家门口这近200米长的机耕道修整得平平的。20世纪90年代中期，岳父去世后，岳母患上眼疾，一只眼失明了，但她仍然带着子女坚守修路、护路的铁规。

进入新千年后，子孙们外出打工的打工，有的大学毕业去了外省工作，岳母成了家里唯一留守的成员。尽管这样，仅有一只眼看世界的岳母仍会用找村里帮工的形式，在每年山洪把家门口这条路冲坏之后，第一时间把这条路填平修整好。

前些年，岳母得了心脏病，在家乡县人民医院住了一周后，回到家里过完春节又复发了。家人把她送到广州中山大学附属第二院。住院8天，病情好转后她住在我家调养。我想，她应该会留下来与子女同住，安享晚年了吧？可是，她病好后，在广州、深圳子女家住了两年，就天天与我妻说要回苗寨，回到那个与岳父一同度过美好时光、一同生儿育孙的吊脚楼去。

我知道，岳母是个恋家的人，家乡那栋吊脚楼是她与岳父这一代人创下的一份家业，是她与岳父生儿育孙的欢乐窝，是她要留守的一份念想、一份对岳父思念的心，是她要让儿孙永远牵挂的根。

两年的时光，岳母家门前的路变得坑坑洼洼，有的地方被冲刷成了陡坡，妻送她回家是爬着走进去的。妻埋怨她，说她有福不会享，要回家过孤单冷清的生活。埋怨归埋怨，妻二话没说，为她打扫好房间，整理好厨房，把她出门要走的几步关键路段修了修，这才放心回到了广州。

在家的日子，岳母没有闲着，她除了在菜地上种不同时节的蔬菜，还在家里养了土鸡土鸭，同时操心最多的还是门前这条路的修整。她有眼疾还这样忙乎，儿孙们看在眼里，也痛在心里。

去年夏天，县里各村寨发生了百年一遇的山洪。岳母家门口的这条路更是雪上加霜，路被冲成溪床，有的地方成了积水泥潭。我不知道，只有一只明眼的岳母，是怎样爬过这200米路去赶场购买生活用品，又是用怎样的毅力往返于这200米的小路经营着自己的生活乐趣。

国庆节后，妻打电话给岳母，询问她老人家在家的境况，岳母向我妻子提出修筑这条200米路的要求。我这才得知，岳母每次出入这条200米路的艰辛。特别是下雨天，岳母为去赶场购物或到寨子里人家串门，不仅要穿上水鞋，还要带上一双平底鞋。穿水鞋蹚过这200米路后到寨子里，便又换上平底鞋，回来的路上又穿上水鞋，周而复始。我不知道岳母走这条路有多辛苦，也不知道她在这条路上摔倒过多少次。

"修筑连通村与村之间的路，不是政府的事吗？你老人家操这份心干啥？"面对人们的责问，岳母说："村里的水泥路能修到离家只有200米的地方，我很满足了。这200米的路就不用劳烦政府啦，我发动子孙集资修，没问题！"

说干就干，岳母从购沙石、运沙石、买水泥到请人工全程过问，还专门做了饭菜供修路人吃，修路人也以一半工钱遂了岳母的心愿。

水泥路硬化了，岳母又连续几天提水泼洒路面，既让水泥不烧坏路面，又让路面进一步得到硬化。

那天，我与妻走在这条岳母用心筑成的路上，夕阳的余晖正好把这条路照得金黄。我想，岳母的心愿了却了，因她修的这条路是一条心路，是一条让年轻人学习的样板路，更是一条苗乡村寨向往美好明天的希望之路。也许对岳母来说，还有更高的格局，那就是这条路是一条留守着一份念想、一份思念的路,也是她让儿孙永远牵挂的根。

（原载于 2018 年 03 月 29 日《南方日报》）

年猪叫来"幸福年"

瑞雪染白苗乡山寨,又是一年腊八来。腊八过后就是年,苗乡父老乡亲都开始忙碌起来。这不,连年近八旬的母亲也隔三岔五让弟弟给我们打电话、发微信,目的就是一个:回家杀年猪。

杀年猪,是我们湖南省城步苗族自治县山山寨寨的一种习俗,也承载着苗乡父老乡亲家家户户盼团圆、迎新春的美好愿望。但那年那月,家里养一头年猪真的不易。特别是在湖南省城步苗族自治县这个高寒地区,养年猪的风险其实相当高。

我小时候常随父亲去赶集、捉(购)猪崽,因为无论手中钱够不够,父亲每年都会去捉两头猪崽回来养。有一年我问父亲为啥一定要捉两头?父亲笑说,两头猪崽一同养,它们会竞争抢食,就不会挑食。

后来我知道父亲当时只说了一层意思,而另一层意思是不能明说的——他这样做是为了上"双保险"。苗乡的年猪都是用土办法喂养，要养够一年，养两头的话，万一有一头病死，还是能保证有一头可作年猪。

不过说是土方法，苗寨养年猪对饲料要求也是相当高的。猪草主要是不同季节在山上、溪边、田间、菜地长出来的嫩野菜（中药类的）和嫩芋荷叶、嫩萝卜菜、嫩白菜，等等，可以说都是上等中药材苗叶和原生态、有机的蔬菜。

将猪草割选回家，剁好，要放入大铁鼎罐里煮，煮沸后再放米和糠，再次沸腾后，先盛入猪食盆凉一会儿，用手试一下温度，觉得能放下手了才会端入猪栏给猪吃。天气凉时，每天下午那一顿还要将猪食热一下，再拿去喂猪。

养一头年猪，是苗乡每个家庭主妇一年里最重要的工作之一，是每个家庭丈夫必须时时过问、督促帮忙的常态事务之一，也是做儿女的放学后必须参与的义务劳动。

我的父母非常重视养年猪，也很会养年猪。他们经历过猪要统一养、牛要统一看的年代。有一年，生产队队长说队里好几年都没杀年猪了，他们看中我父亲人勤快又懂中草药，想请他帮忙养猪。就这样，我的父母被安排到生产队养猪场里工作。

养猪工作责任相当大，因一头猪关系到生产队上百号人过年能不能吃到肉，能不能过上一个好年。那一年，父母以猪场为家，早晨煮猪食，白天上山打猪草，晚上在家剁猪草，日复一日，雨雪无阻。那个年代缺医少药，猪虽然吃的是中草药食材，但并不代表不会生病。

每一次猪生病，父母也会跟着吃不好饭、睡不好觉，全凭他们懂些中草药，细心看护，才带着这些猪闯过了一个又一个难关。但最让父母担心的，还是母猪下崽时，猪崽可能会被母猪踩死。所以每次母猪下崽，他们几乎都是整夜不睡地守在旁边。

那一年，因为生产队里有了年猪，大家都过了一个幸福年，队长高兴地在大小会上反复表扬我父母。

我家里真正开始自己养年猪是改革开放后。记得那一年，父亲专门去赶场捉回的两头猪崽，在母亲的精心喂养下长成了大肥猪，年底父母杀了一头肥猪做了腊肉，卖掉另一头，家里便有了些收入。过春节时，父亲第一次带着我们兄弟俩"风风光光"地去舅舅家拜了一次年。那一整天父亲都笑容满面，走村串寨始终高昂着头……

前几年，可能因为物资充足，加上喂养年猪的成本增大，一些苗寨人家竟不愿意养年猪了。有好几年的春节，回乡探亲的我都看不到这种习俗，只能带着惆怅回广州。

年猪竟成了我的一种乡愁。直到这几年，已走出大山、见过世面的苗民似乎又明白了一个道理：还是自家养的年猪是有机的、原生态的、最美味的，做出来的腊肉也是最好吃的。所以他们又开始养起了年猪，并懂得了养年猪、杀年猪是一种文化的传承，也是一种习俗的坚守。

如今的苗寨，一到年底又处处能听到猪的独特叫声了。我忽然觉得，这便是一种幸福。

（原载于 2019 年 12 月 29 日《羊城晚报》）

八旬老农写礼歌

18年前,作者送给我一本黄黄的、只有内部刊号的《弘德正文》。

18年来,虽然几次搬家,但我一直不敢怠慢它,时不时拿出来看看,品味一下作者写作时留下来的余香,析一析作者对世事公理的一些评判。

去年8月,我回湖南省城步苗族自治县休假,作者已是白发苍苍,虽戴着一副老花眼镜,但行走间还带着雷厉风行的味道。他从堂屋里拿来一本厚一点的册子,我一看是《弘德正文》和《时兴礼歌》一同合编的书。虽然还是内部刊号,但我掂量出它的分量,掂量出作者这几十年来所付出的辛勤汗水。

作者名叫陈志勃,是湖南省城步苗族自治县丹口镇羊石村一名地地道道的农民,今年应有80岁了。按辈分,我比他长一辈;按年纪,他比我大30多岁。当兵前,我听父母说,他是乡里的秀才,是我们同族中最有知识的人。

每次看到他送给我的那两本书，我都如同见到了这位老侄子一样，如同看到他说书、写书的模样，看到他待人接物那种文雅，同时也想起他曾经走过的坎坷，想起他在苗乡村寨红白喜事宴席上吟诗作对、施展各种礼仪的雅态。于是，我拿出平板电脑写起了他的过往和喜悦……

陈志勃有过幸福的时光。他虽然出生在农民家庭，但在那贫困的年月，能凭着个人优秀的学习力，于1955年考入了湖南省长沙林业学校。那年月作为农民的孩子能考上中专，那真是祖坟冒了烟。所以，那段幸福的时光让他至今还在怀想，毕竟那是他一生当中最值得留念的岁月。

陈志勃也有过不幸的时候。1957年，还差一年就要毕业的他，因患肺结核挥泪离开林业学校，带着失意回到原乡务农。后来组织上让他参加了工作，并于1959年让他加入中国共产党，还让他先后担任区委的组织干事。1963年，他所在的公社筹办民办中学，因全乡只有他的学历高，他便被派去当了6年亦农亦教的"半边教师"。此后他又被生产大队派去修湘黔铁路和办公社电站……

人生的大起大落，没有把陈志勃压垮，反而让他变得更加坚强。他无论在哪个岗位，都做到了兢兢业业、任劳任怨。尽管没当成国家干部，成为一名地地道道的农民，但他关注时事、关注党的政策、关注社会风气的习惯一直没变。离他家最近的学校，那校长办公室里经常有他看报的身影。

别看陈志勃只有中专肄业的文凭，他对古诗词的韵律非常懂，创新性和记忆力也相当强。村里每有红白喜事，被请去当司仪的他，总能出口成章，吟诗作对，文思泉涌。高朋满座的酒席上，他撰写并朗诵的祝酒词，常常赢得满堂欢笑、交口称赞；送亲嫁女的歌堂里，他那现场创作并演唱的嫁女歌，唱出了真情，唱出了柔肠。当地苗民称赞陈志勃，说他为人做事如同苗乡山寨生长的山茶树，朴实无华，但他的诗歌如同遍开苗岭的山花，艳丽芬芳。

虽然只是地地道道的农民，但陈志勃责任意识相当强。1994年，关注时事、关注社会风气的他，发现懂苗乡风俗礼仪的老年人一个个离去，而年轻一代又不愿学习苗乡民俗礼仪、礼歌，为使这独特的苗俗文化得以保存，繁忙的耕种之余，他以苗乡婚喜寿丧为题材，结合自己多年来的实践体会，集诗、词、歌、联于一体，又熔实用性、知识性于一炉，制作并增补称谓表及婚喜寿丧经常使用的实用文书案例，整理出了一本题材积极向上的《苗乡礼歌》。

随着经济社会的发展，他的儿女也投入了打工行列。他觉得这是一件为农民增收的大好事，但也担心孩子们年轻、见识少、个性强、性情急，怕他们经不起外面灯红酒绿、纸醉金迷的诱惑，对事分不清好坏。所以，他每天都是在默祝儿女平安快乐中度过。可是他担心的事还是发生了。有一天，他接到电话，听说在长沙打工的孩子与人闹了矛盾。心急如焚的他，专门赶赴长沙把事进行了妥善处理。回家的路上，如何让孩子在复杂环境中处变不惊的问题，一直萦绕着他的思绪。

想了几天，陈志勃终于想明白：治党治国，当然得靠党纪国法，但光有这些还是不够的,还需要道德制约。于是,他决定围绕"人同此心、情同此理"来选择素材,写一本弘扬道德规范的书。那段时间,《三字经》《传家宝》《增广贤文》成了他写作的日子里深研、细品的书。书成稿后,他又上县城找县里相关文史专家征求意见。在县相关专家的画龙点睛下,"弘德正文"正式成为书名。

出书的日子,是他最忙的时光。他出书的举动,经《湖南日报》《邵阳日报》等媒体报道后,吸引了周边市、县的民众前来找他要书。那段日子,他的心里感到非常有成就感。

"个人能力有大小,只要爱国装心里。前人榜样皆学习,传统美德要遵依。处在国家兴亡日,正是匹夫有责时。爱国就是爱母亲,哪有儿女不孝娘?"这是陈志勃在他的《弘德正文》"爱国篇"中写的话,其实这是他长期言传身教弘扬社会公德总结出来的。

陈志勃不仅在村里言传身教,出门在外也不忘宣讲道德礼仪。一次,他去外县办事,上了县际客车后,他发现其他座位都已坐满人,只有一个穿着时髦的少妇身旁有个空位,但被少妇放着东西。因路途远,他便挨着少妇坐下。少妇一见此景便小声开骂。陈志勃笑着随口说:"助人为乐真可赞,济人须济急时难。多生慈悲多积德,多献爱心多心宽。"没想到此话一出,就赢得全车人的关注。有人说:"这个老头出口成章,是能人哟!"此时,注意观察的陈志勃,从少妇身边的同事嘴上了解到她们都是计生干部后,随即又说了一段顺口溜:"自古至今同风俗,男娶妻子女嫁夫。只要双方都乐意,娶谁嫁谁不在乎。移风易俗就是好,生男生女都有福。"

再次博得全车人的掌声,那位少妇也赶忙让座。

这几年,陈志勃笔耕更勤了。最近,他又托人把他新出版的《奇趣苗乡》一书带给我。我想,陈志勃老侄一定是想在有生之年,把苗乡文化、苗乡风俗礼仪、苗乡道德规范等一一整理出来,让后人有一个传承蓝本,让民族的文化遗产能保留下来。

陈志勃老侄,祝你生命之树常青,也祝愿你创作出更多的文化传承作品,保重!

(原载于2017年04月30日《南方日报》)

赏析:

陈志勃,城步苗族自治县丹口镇羊石村一个地地道道的农民,80岁的老人,秉着对乡土文化的热爱,对家乡民俗礼仪的传承,奋笔耕耘,兢兢业业,任劳任怨。出版《苗乡礼歌》和《弘德正文》两本著作,把苗乡的婚喜寿丧经常使用的风俗礼仪整编保存,让独特的苗俗文化得以传承。他的《弘德正文》弘扬社会公德,把国家、集体和个人紧密相连的道理积集于书中,展现给后人,遵循和传承中国的传统美德。苗乡山寨朴实无华的生命之树——陈志勃,一棵有生命的常青树!

——江山文学网编辑中百淡然老师

七彩人生花

回到家乡湖南省城步苗族自治县旺溪村,发现母亲菜篮里有满满的像葡萄似的水果,口渴的我抓了几个就开吃。

"什么东西呀,这么辣!"我一边跑去找水喝,一边问我妈妈。

"这是七彩灯笼椒,谁要你吃的。"妈妈赶忙笑着走过来,说我读书读多了,连这种辣椒都不认识了。

妈妈说起七彩灯笼椒,突然让我想起了一个回乡创业的老弟——湖南省城步苗族自治县原生态种植农场的场长袁能斌。他说他从深圳回来快3年了,现在海拔1680米高的家乡蓬瀛村种植的就是这种七彩灯笼椒。

想起这,我的脑海不停翻涌:袁能斌在深圳市光明区公明街道办工作10多年了,为啥放弃优厚的待遇和多年积累的人脉,回到家乡种起辣椒来了?

一直对袁能斌的举动感兴趣的我,后来通过微信交流才找到答案：今年40岁的他，高中毕业后曾在县旅游局工作过，当工作满足不了他的人生目标时下海到深圳；在深圳工作16年，他做过员工，当过管理员，还曾经商，最终在街道办当了领导。

谈起回乡创业，他激情澎湃。在深圳打拼了16年，他有了做人、做事、管理等方面的经验，便很想回家搞点实业。2015年初，他在政府回乡创业政策的支持下，回到了家乡。

他偶然从《本草纲目》中看到，有一种叫七彩灯笼椒的辣椒是辣椒中的珍品，于是他下决心种植这种特色辣椒。

认购辣椒种、育苗、栽种、施肥，他全程待在海拔1680米高的山地里。清晨，当阳光透过枝叶，把青、红、紫、黄、绿等七彩果实展现在他眼前时，他觉得那是最幸福的时光。因他是最早领略七彩灯笼椒芳容的人，也是第一个见到七彩灯笼椒长在一株苗上的娇艳的人。

收获的季节，他品尝到了在海拔1680米高山地里种出的七彩灯笼椒的清脆，也让购买的人们感受到这七彩灯笼椒的特别。但是一个难题摆在了袁能斌的面前：七彩灯笼椒投入大、产期短，不利于保鲜，晒成辣椒干又失去了原味。于是，他把精力放在如何保鲜上。

长沙、广州、深圳等城市的果类食品厂留下了他考察的身影；回到城步，他带领相关技术人员进行攻关。几经周折，他终于研究出既可让七彩灯笼椒保持原味，又可让七彩灯笼椒保鲜的泡制方法。于是，在继续建设七彩灯笼椒基地的基础上，他购置相关机器成立了加工厂，并申请了生产许可证，大力开拓销售渠道。

他的产品标识很特别,"农民"二字给消费者留下难以抹去的印记,广州、深圳、东莞、杭州和福州等城市的一些商家纷纷给他来电要求订货。于是,他在自己种植的同时,也让周边村的村民尝到了甜头。今年周边村已有200户村民与他签了种销合同,并种植了200亩七彩灯笼椒。

袁能斌,祝愿你种植的七彩人生花更加艳丽,也真心希望你把家乡的父老乡亲带上致富路。

赏析:

经常在外面,能够回到家乡品尝家乡的小吃就是一种幸福。作者吃到了七彩灯笼椒,由此引出了一段回乡创业的故事。有这样一位朋友,漂泊在外多年,最后决定回乡创业,选定了药食两用的七彩灯笼椒,从此开始了奋斗。结尾带着深深的祝福,表达了作者美好的情感。

——江山文学网申文贵老师

少年苗族歌王杨章庆

去年，我收到了家乡的邀请，让我回家乡重温一下原生态的天籁。我知道湖南省"六月六"山歌节在我的家乡城步苗族自治县已举办了18届，已经是湖南省四大文化名片之一。

尽管再三调整时间，但我最终未能成行。然而，"山歌节"三个字，就如同一颗种子钻进了我的心房。我每天都会情不自禁上网搜一搜山歌节的关键词，看一看电视上有关山歌节的新闻视频，还被拉进了一个原生态山歌的微信群。

"一杯酒来清又清，双手拿来敬新人。夫妻同饮交杯酒，早生贵子跳龙门……"一天，我打开一个家乡微信公众号，被一个14岁少年的歌声吸引了心神。他是本土歌王选拔赛中年龄最小的参赛歌手，用清纯的天籁之音震撼了舞台、感动了评委、折服了群雄，赢得了少年"山歌王"的荣称。

我记住了他的名字，他叫杨章庆，出生于苗乡汀坪乡蓬洞管区一个"山歌之家",现是湖南省城步苗族自治县第一中学的一名中学生。

杨章庆唱山歌得益于他爷爷奶奶的言传身教,得益于他本人从小爱学敢唱。他奶奶叫吴绿梅,是蓬洞管区山歌演唱队的主力队员;他爷爷叫杨焕诗,是乡山歌研究会副会长。

爷爷奶奶经常参加管区组织的山歌会。从小就喜欢跟着爷爷奶奶的杨章庆,便在潜移默化中一字一句学唱起来。日复一日,年复一年,到了5岁,杨章庆便能有模有样把山歌的韵味表现出来。

杨章庆的爸爸和姑姑从小都不喜欢唱山歌,这让其爷爷杨焕诗非常担心传统山歌文化在他手中失传。一见孙子杨章庆对传统山歌文化如此痴迷喜爱,杨焕诗喜上眉梢、乐在心间,一边有意找时间让孙子杨章庆接触一些苗族传统山歌文化书籍,一边还带着他出席一些山歌评委会。

日教夜传,经过8年的时光,胆大心细、嗓音又好的杨章庆,成了寨子里最小的山歌手,也成为管区里的新歌王。

2013年6月,一年一度的"六月六"山歌节歌王选拔赛如期在县城举行。想让11岁的孙子杨章庆去练练胆的杨焕诗夫妇,专门给他报了名。山歌演唱,韵味地道;山歌知识,对答如流;现场点唱,顺口能歌。台风与气势,对答与沉稳,特别是一首《贺郎歌》,他唱出了苗家人的柔肠,折服了所有的专家评委。第一次登上县级舞台演唱山歌的他,最终获得了全县第五名的好成绩。为此,这一年县里成立山歌研究会,杨章庆成为第一批会员,也是年纪最小的一位。

　　有了成绩，有了头衔，杨章庆学习传统山歌的劲头更足了。他每天做完功课后，除了学唱山歌，还爱好阅读他爷爷屋里的山歌书籍，遇上不懂的，爷爷奶奶成了为他解惑释疑的老师。

　　理论联系实际，杨章庆唱的山歌韵味更浓。这几年，杨章庆连续参加一年一度的"六月六"山歌节，进步是一年一个台阶，学业也保持在中上水平。山歌研究专家蓝立奇给了他很高评价，说他如果还能够接受一点专业指导，一定会唱出城步，唱响湖南，走向全国。

　　人长得帅气，歌唱得原味，如今在湖南省武冈市洞庭学校读中学的杨章庆，既是学校新年晚会的台柱，也是校园名主持人之一。

　　少年有志路自选，做最初心的也许是最好的。对于孙子今后的路怎样走，杨章庆的爷爷奶奶并没有制定固化路线，而是尊重他的选择，只希望他读完书工作后，能将苗乡传统山歌传唱下去。

　　带着祖辈的希望，我想，杨章庆这位苗乡最年轻的歌王，一定能圆祖辈的梦想，一定会把传统山歌发扬光大。

　　放心吧，关心传统苗乡山歌的爷爷奶奶，你们的孙子杨章庆会做到的。

（原载于 2017 年 07 月 06 日江山文学网）

赏析：

　　自古英雄出少年，苗乡城步也有一位传奇少年，用歌声传递感情,歌颂美好的生活。这个少年带着光彩走来,走向成功,走向美好的未来。作者文风热情洋溢,感染读者。描写生动,让读者一起感受山歌的那份美。文笔流畅,语言清新自然。好作品,条理清晰,层次分明,感情真挚,感动读者。

——江山文学网申文贵老师

辑二　军旅情怀

舰上来了个上校"女水兵"

男的当水兵,人们已司空见惯,女的上军舰工作就新鲜了。海军广州基地航修所高级工程师余美萍上校,就是爬了一辈子军舰的"女水兵"。

1970年6月,从华南工学院毕业后成为海军的余美萍,第一次随舰出海,就碰上了"女水兵"上舰的尴尬场面。

"报告政委,不好了,那'女水兵'挺不住了。"文书匆匆忙忙跑到政委住舱报告说。

原来,从海图室走出来的余美萍,匆匆走进厕所,里面有个战士正在"方便",她顿时脸红到了脖子根,赶紧退出来,再也不敢进去。细心的文书发现了,赶忙去报告政委。

政委忙把上厕所的战士"催"出来,后让文书为她站岗才算为她解了围。此后,她给自己定下了一条规矩:每天只喝一杯水。同时,水兵们上厕所也多了一项规定:先叫一声"有人吗?"

这次出海适逢夏日，骄阳"烤"烫了甲板，舱里温度超过40摄氏度。男水兵们可以光背穿短裤作业，而余美萍却要穿得严严实实。虽然豆大的汗珠从她脸上淌下，身上的衣服也被汗湿透，但她只能忍着。就这样，为了弄懂导航仪与电罗经之间的关系，她顶着酷暑，蹲在舱里一条一条线路地查，然后在笔记本上画成图纸。

舰过台湾海峡时，遇上了台风和暴雨，狂风掀起的巨浪盖过前甲板，军舰强烈颠簸。余美萍守在舷边的电罗经旁，风吹散了她的秀发，挡住了她的视线，她用手撩了一下，抱住栏杆吐了起来。雨打在她的身上，而她的视线仍不停地盯在电罗经上，观察陀螺球在复杂环境中的变化。接着她又来到底舱的导航仪前，旁边放一个铁桶，边吐边记录仪器发生的变化……

军舰在风浪中航行10多个小时，她来回跑了20多次，记下各种数据上百个。当军舰靠上某军港，水兵们发现她从头到脚没一处是干的，善意地对她开玩笑："你已是一名真正的'水兵'啦！"

入伍两年，余美萍跟舰出海50多次，终于弄清了陀螺球与各仪器之间的关系，撰写了5万多字的论文，不仅为维修组提供了第一手材料，而且为海军军舰远航大洋提供了理论与实践的数据，填补了我国陀螺球维修技术上的空白。

随着我军现代化建设的不断发展，海军与外军交流越来越广泛。这年8月1日，航修所赵所长接到电话通知："8月5日马来西亚海军两艘军舰将来广州访问，为其引航的猎潜艇电罗经发生故障，令你所速派人前往维修。"放下电话，赵所长心里犹豫了：这样的紧急任务，只有余美萍能胜任，可她在上班路上被车撞了，三根肋骨骨折，头上缝了11针，如今还在家养病呢！

引航成功与否，关系我海军的声誉。赵所长驱车直驶向余美萍家。正准备上医院理疗的她，忙问："有什么任务？"赵所长说了情况。余美萍马上换上工作服，背上维修包，急速赶往10公里外的某军港。

上了猎潜艇，她一干就是3个多小时，忍着伤痛查线路、查仪器，终于查明故障是导航仪与电罗经之间的连接线老化。她把线接好，还不放心，一定要启动机器试一次，直到机器运转正常才离开该艇。

20多年来，余美萍凭着自己的执着追求和熟练的技艺，为100多艘舰船检修过导航仪器，同时为10多个国家来访的军舰提供了优质服务，为国家赢得了一次又一次的声誉。

如今，她已是满头银丝，依然喜欢倚在舷边，深情地望着战舰在湛蓝的大海上犁出浪花。

（原载于1994年05月27日《南方日报》）

当火头军的中校夫人

如不是上级有关部门要我去写某大队政治处主任陈锡标的妻子苗介琴,把她作为军人模范妻子上报的话,我还真想不到站在面前的这位中校夫人是个"火头军"。已届中年的她,身材瘦小,弱不禁风,双手纤细,实在让人难以置信她能承担这重责。

苗介琴当"火头军"已有4年。她已深深爱上了这一行,连续三年被所在的工作单位广东省保险学校评为先进职工。有她这位贤内助,丈夫陈锡标一心扑在事业上:当教导员时,所带的党支部被中央组织部评为先进党支部,先后荣立集体二等功一次、三等功二次,个人也荣立了二等功、三等功各一次;任政治处主任期间,所领导的政治处连续两年被评为先进政治处。

我想,如果我不是问及她的酸甜苦辣,而是问及她为何当火头军的话,她也不会对着一个刚刚认识的人百感交集,流下泪来……

她说,自1982年与陈锡标结婚以来,才真正品尝到军人妻子的滋味——当军人妻子难，当一个长年漂泊在海上的军人的妻子更难。她也体会到了与军人结合所特有的那份经常出现的依依惜别和充满阳刚气的情感。比如，生小孩时希望丈夫能在身旁照料，这本是人之常情。"我妊娠期间，他长期不在身边，家里冷冷清清没一点热气；在经历分娩的痛苦需人抚慰时，他仍在遥远的海岛执行测量任务。等他回家，孩子已半岁了。当时，我气得说不出话来，后见他抱着儿子又亲又逗，抢着干家务活，温言软语，我才慢慢原谅了他。他的感情是那么真、那么纯，但他又是军人，以执行命令为天职的军人身份决定了，他绝不能将情感只献给妻子、孩子。"

说到这，苗介琴笑了。

好不容易等到了1989年2月随军，苗介琴很高兴。她想：这下该有个温暖的家了。谁知，家还没来得及安顿，上级就令陈锡标带队前往南沙群岛执行任务。当时，中越"3·14"海战的硝烟还未消散，尽管苗介琴心里很不安，但觉得这是组织的信任，没有理由拉后腿。看丈夫自患中心性视网膜炎出院后，为母子俩购买生活用品，整修房子，见着什么家务干什么，心里觉得真难为了他。出海前的那一天，她为丈夫备了一些"太阳神"、蜂王浆等营养品，临行时，再三嘱咐道：只要把部队带好，完成任务，平安归来，我就满足了。

可是到了1990年，当陈锡标再次赴南沙群岛执行建礁任务时，苗介琴真感到有点挺不住了。她心想，随军的这一年多，丈夫一直在海上奔波，根本没工夫替自己联系工作，只能待在家里靠一个人的工资过日子,长此以往,怎么行?谁知,不幸的事接踵而来——丈夫家里来电报,说婆婆患肾炎很严重,要来广州动手术。丈夫的工资本来就只能维持最基本的生活,现在再添上一个人治病、养病,得花多少钱呀!

为了给丈夫减轻负担,让他安心工作,苗介琴应聘到广东省保险学校食堂当上了"火头军"。从此,她每天5点起床,给儿子做好饭菜,6点左右送儿子上幼儿园,然后上医院看望从老家来动手术的婆婆,再去上班。可天有不测风云,一天,她正来回忙碌的时候,儿子不小心从二楼摔了下来,遍体是伤,也住进了医院。她一边要照料好孩子和婆婆,一边还要上班,20多天下来,瘦了一大圈,其中的苦楚只能一个人忍受着。但当她得知丈夫带领的党支部被中央组织部评为先进党支部,荣立了集体二等功时,心里无比快慰,家庭生活的苦涩全然忘了。

我问她,如今陈锡标已是中校军官,一个大队的政治处主任了,你的工作可以调换一下了吗?她微笑着回答:"有人把权力当作办事的资本,可我不这样想,也不想给部队添麻烦,也许这就是知足常乐吧。"一次,她感冒发烧到39摄氏度,在床上躺了2天,邻居要打电话给陈锡标,派车送她上医院,她婉言谢绝了,挣扎着上药店买了一点药来对付。直到陈锡标周六回家,才陪着她挤公共汽车去了医院。至于调换工作,她认为没有必要。火头军的活尽管很累,可当初困难时,学校领导很热情地接收了她;她说尽心做好本职工作,让师生吃好,才是她最大的愿望。

听着她的酸甜苦辣及她的心声,我不敢把模糊的视线正对着她。回去的路上,我的脑海里反反复复都是她那瘦弱忙碌、无私奉献的身影。我看到了一位军嫂热爱、支持丈夫和国防建设的真挚的情感……

(原载于1994年11月17日《南方日报》)

海上圆梦

"海浪把战舰轻轻地摇,年轻的水兵头枕着波涛,睡梦中露出甜美的微笑……"这首《军港之夜》,把水兵生活唱得那么富有诗情画意,令多少人向往,吸引了多少年轻人去圆这水兵之梦。

六月一个炎热的日子,我告别了都市,乘军舰来到了海军广州某基地海上演练区。这天,风大浪高,波涛把军舰一时送入浪谷,一时托向浪尖,令与我同行的"老海"都交了"公粮"(呕吐)。而当我见到她们——赵平英、罗磊、邓雪峰,这几位海军某医院的护士时,发现她们虽因晕船脸也在发青,但那一双双明眸始终定格在军舰犁出的浪花上。听随行的政治处曾英明主任介绍后,才知她们这次是特意来圆水兵之梦的。

原来,当了十多年海军的她们,一直生活、工作在陆地上;只有当医院举办文艺晚会,一同唱起那首《军港之夜》时,她们才感觉到蔚蓝色流动国土的广阔、水兵生活的浪漫,随即,那颗赤诚报国之心也好像起伏在大海的浪峰上，随着军舰，巡逻在万里海疆。这使她们更加坚定了在服役期间到海上做一回真正水兵的决心。

这次海上演练，上级要她们医院组织一支海上医疗队参加，她们三人不约而同地向院里递交了申请书。院领导见她们那么坚定，同意了她们的请求。

然而，大海并不像她们想象中的那么温柔。加之，第一次上军舰，住在袖珍式的水兵住舱，爬上爬下，怎么也难适应过来。这次出海，正逢风浪季节，刚好又遇上了台风，致使平日里平静的大海显得异样的粗暴，即使军舰抛在锚地也会被掀得东摇西摆。住在舰上的她们，好像在跳迪斯科，没有多长时间就开始头昏脑涨，继而交"公粮"了。但这一切困难丝毫没有改变她们那颗圆梦之心。

清晨，当东方的太阳升起时，水兵们站在舰尾等待军旗在新的一天里高高扬起。她们也不例外，望着冉冉升起的军旗，同水兵们一样，在舰长下达"敬礼"的口令时，举起右手向军旗敬上一个标准而庄严的军礼。

实兵演练防空战打响了。

"报告海上指挥所，我艇有一名'伤员'多处中弹，生命垂危，请示后送。"

"立即送往海上医疗队抢救。"海上指挥所发出了命令。顿时，某猎潜艇急速驶向海上医疗队所在的登陆舰。此时，海上风正猛，浪涌很大，猎潜艇无法靠拢，加之上下交错跳动有4米多高，搭跳板也没用。抢救要紧。医疗队当即决定用担架将"伤员"进行换乘。

护士长赵平英立即准备好担架,罗磊、邓雪峰抱住舷柱把担架递送过去。边吐边干,终于换乘过来。立即进行手术抢救,"伤员"这才转危为安。

然而,在海上对伤员实施手术,是一项比较难的课题,特别是在风大浪高时,更难保证手术的可靠性。这次实兵演练,上级就赋予了她们这一新课题,并为她们准备了两条狗进行模拟腹部阑尾切除手术。当时,风浪很大,舰摇晃得很厉害,人根本站不稳。她们把主刀医师用绳子绑在手术台旁,然后迈着似摇摆舞的步子传送手术器材。晕得实在受不了,便对着手术台旁的铁桶吐一会儿,接着,又继续工作。一个多小时的时间,她们的脸发青了,可手术也顺利地完成了。

明月当空,舰上灯火映照在海面上,倒映出军舰的英姿;舰上歌声、掌声连连。这是她们在与水兵们联办"我们相聚在九五"的文艺晚会。护士长赵平英以几天来的亲身体会,又一次深情地演唱了《军港之夜》。在她身后,罗磊、邓雪峰以精彩的伴舞,表现了大海时而温柔,时而粗暴的莫测个性。一声声真情的演唱,一步步精彩的舞蹈,让水兵们再次回味,再次体验。掌声如雷,宁静的海面一片沸腾。

水兵们训练很辛苦,每天都是汗水浸透军服。护士长赵平英见此情景,带领罗磊、邓雪峰利用训练之余,为水兵们洗衣服,对水兵们的住舱进行全方位的消毒,还经常深入水兵中谈心、交心,既增进了双方的了解和理解,又加深了与水兵之间的战友情。所以,水兵们很亲切地叫她们"大姐"。

为使梦圆得更真实,好在当自己蓦然回首时,不再感到遗憾,演练中,她们顶着风浪和军舰的摇晃,为水兵们送去一杯杯茶水,练就了不晕船的本领。在水兵们演练之余,她们又走向炮位,请水兵们为她们讲解炮的使用和性能,让自己真正当回炮手,展示一下当代"女炮手"的风采。

风停了,海面平静了,她们将离开军舰,回到陆地上的工作岗位。站在舰首的她们,倚在舷边望着战舰犁出的浪花,是那样依依不舍……

(原载于1995年08月08日《南方日报》)

海上布靶兵

这年3月,我军将在东南沿海进行三军联合演习。2月,新战士张步所在的168船奉命为演习布靶。

张步记得刚上船时,班长告诉他:"当布靶兵,是危险的苦差事,你要有思想准备。"

2月的南海风大浪大。168船拖着靶船向预定海区进发,海面上大雨迷蒙,波涛汹涌。拖船和靶船猛烈摇摆,拖、靶船间的钢缆负荷增大,随时可能崩断。船长命令张步和班长郭光辉、战士葛修掌同上靶船加以防备。

靶船上没水没电,他们饿了啃点方便面,渴了喝口白开水。靶船吨位小,一会儿跃上波峰,一会儿跌进浪谷。没过多久,张步就被无规律的摇晃折腾得晕头转向,躺在床上不能动弹。他在晕晕忽忽中见到,班长郭光辉和葛修掌个时查看拖缆,还为自己送开水。想到看好钢缆自己也有责任,他便硬撑着从床上爬起来,要和他俩一同去巡查钢缆。班长拗不过他,便扶着他一同查缆排险。经过30多小时的航行,靶船到达预定海区抛锚,张步躺在靶船上一动也不想动了。

靶船按计划布放在预定海区,168船负责看守靶船。

夜深了,海面上寒风呼啸,波浪与船相碰的撞击声和机器轰鸣声组成特殊的催眠曲,辛劳一天的水兵们已进入梦乡。哨兵葛修掌突然发现多艘靶船脱离了锚位,被风浪打向岸边。战斗警报拉响了,拖船立即起锚赶上靶船。官兵们跳上靶船,将缆绳套在靶船的缆柱上往回拖。张步尽管身体虚弱,仍然通宵参与了拖船的战斗。天亮前一艘艘靶船又布回了预定位置。

风浪越来越大。靶船锚链断了,要重新固定;靶船偏离了方位,要及时校正,布靶兵一天24小时都处于紧张状态。一天,又一艘靶船被风浪刮跑。风狂浪猛,拖船靠不上靶船,他们便放小艇去追赶靶船。小艇刚靠近靶船,一个巨浪打来,险些将小艇掀翻,官兵们全身都被海水打湿了。因靶船搁浅位置太高,他们用尽全力都未能将靶船拖下来。官兵们又冷又饿地泡在海水中,一次又一次奋力拖靶船。附近渔民见了十分感动,送来糖水,慰劳他们。

第二天,又一艘靶船脱锚,被狂浪推向浅滩搁浅。官兵们连续奋战几次也没有将靶船拖回来。这时已是大年三十,168船已经"缺水断粮"了,只好回港补给。

正月初八,上级电令168船在两天内把靶船布好。官兵们总结经验,决定利用涨潮的浮力拖搁浅的靶船。他们坐在沙滩上等待涨潮，寒冷的海风吹着湿淋淋的军装，官兵们一个个冻得直打战。凌晨2点涨潮了。官兵们进行了一场艰难的拼搏。为了拖下靶船，他们把近1000米的缆绳收放了28次，缆绳断了5次，战士翟开周手指被缆绳夹裂，王洪刚被缆绳甩出5米多远，大腿上青一块紫一块。第一艘靶船拖回来了，有几名战士因虚脱晕倒了。天亮前，靶船又布在了预定的位置。

正当官兵们准备休息时，一艘靶船又偏离了方位30多米。船长曾亮球带着疲劳的战士靠上靶船，调整锚位。靶锚刚摇上来一半，锚机齿轮突然破碎了，反转的摇把"呼"的一声从郭光辉的脑门前飞过，如打中脑袋后果不堪设想。"好险！"张步吃了一惊，方知班长的话并非戏言。锚机坏了，只能靠人力拉锚。官兵们肩并肩，把钢缆缠在肩膀上，一步一步起锚。锚拉上来了，靶船被拖回原位，但几位战士的胳膊已磨得血肉模糊了。

靶船终于全部准确地布放在预定位置上。演习这天，我空军银鹰飞临靶船上空。"轰轰……"一发发炸弹准确地命中靶船，浪花冲天，景象壮观。168船官兵激动得欢呼起来。

演习结束后，海军指挥所通报表彰了168船。战友们笑了，张步也笑了，他为自己当上一名布靶兵感到骄傲。

（原载于1996年09月10日《南方日报》和1997年01月06日《中国青年报》）

虎门：铁臂托举中国心

舟飞粤海，车驰虎门。我们迎着秋风，踏访鸦片战争古战场虎门。

鸦片战争博物馆前，一尊巨大的塑像赫然入目——两只巨手，将一支烟枪拦腰折断。1839年6月，118.5万多公斤鸦片缴集虎门，在这里举行中华民族的销烟大典。

如今的销烟池，已经不见沸水流烟。站在虎门第一道门户沙角炮台上，海风撕开衣襟，江涛溃决心堤。

1841年1月7日，英军调集20炮舰进犯虎门。沙角炮台600名清军官兵拒5倍之敌，血战整整18小时，守将陈连升父子双双阵亡。将军的坐骑被英军掳到香港，它不吃不喝，终日向北悲鸣，直至饿死。后人将这匹白马的遗骨葬在将军坟茔旁边，建成"义马节冢"……

失败，有时比胜利更具震撼力。虎门军民从此在历史的废墟上读懂了两个字：气节。

虎门第二道门户威远地台，全长15.76公里的虎门大桥如飞虹横跨古战场。围绕大桥的设计施工，曾有一段不寻常的往事。

虎门大桥的设计，当初是采取国际招标的形式。英国一家公司中标，提出把大桥的引桥桥墩设在威远炮台上。这一方案一出台，就遭到虎门人民的坚决反对。镇政府上书广州市、广东省，请上级派专家重新论证，将桥墩往前移500米，图纸由中国人自己设计。炮台无恙，史迹安然。但是，虎门军民对历史的解读并没有停滞于此。

当年，虎门人民用红泥沙石混合食糖、糯米夯打筑成炮台，还在上下横档岛之间架起两道横江铁链，锁住珠江。战事一开，主将关天培亲自发炮督战，敌舰一发炮弹打来，却把他炸得只剩下半截身躯……

闭关锁国，不能保全国土；富国强兵，必须改革开放。如今，虎门已经成为珠江之畔虎虎生威的经济重镇。驻守在这里的海军南海舰队某训练基地，把培养世界一流水兵作为目标，改革创新，使水兵实现了从体能、技能到智能的转变。有数万名水兵成为新型舰艇高科技战位的排头兵，还有数千名水兵随舰出访，伴随中国海军的航迹走向世界。

结束虎门之行，我们回到鸦片战争纪念馆前的塑像前肃立。仰望苍天，那折断烟枪的铁臂高高耸立，仿佛在珠江上空托举起一颗怦怦跳动的中国心……

（原载于2000年09月25日《解放军报》）

最柔美的军人

随着岁月的变迁,也许当今提起佘山老师这个人,大家不会记得了,更谈不上认识。

穿越时光的隧道,回到16年前那个打破坚冰而举办的首届中国人体摄影艺术大展,也许人们会记起这个身着野战服的策划者和举办者。

他,就是既会美术,也会摄影,还写得一手好字和好文章的佘山老师,福建省摄影家协会副主席,福建省艺术摄影学会会长。

我与佘山老师有缘。

我们有军旅的情缘。我们都是人民海军序列中的一员,只不过他是前辈,又是我敬佩的老师之一,我算是欣赏着他的摄影作品走进军事记者行列的后辈。

我们有文学的情缘。转业后,我有缘参加了在福建省福州市举行的全国首届青年运动会,也有幸拜访了他。

两年前，军旅的情怀，文学的桥梁，让我与佘山老师相约在河南的南太行山脉。

也正是这次河南采风的相约，在我军著名军事摄影家、人民海军报高级记者章汉亭老师的介绍下，我对佘山老师的摄影、文学、书画艺术之路有了一个比较详细的了解。

福州的拜会，以及《佘山艺术》一书，让我了解了佘山老师的创作心路；河南的采风，陡峭的山路上，佘山老师总走在前面，让我仿佛看到了那年那月佘山老师忙碌的身影……

20世纪70年代的年月里，作为军事记者的佘山老师奔波在采访一线。6000公里的东海岸上，有他背着玛米亚RB67全套摄影设备和数十斤重的铝箱上高山、下海岛、乘渔船、登舰艇采访拍摄的身影。他的足迹几乎遍布高山海岛的边防哨所、舰艇连队；八闽海疆几乎所有的渔村港湾、天涯海角、波峰浪谷处，都留下了他体验生活、创作展现军旅风情和八闽风物人情的痕迹。军事记者的生涯，让他在摄影报道和摄影艺术创作中不断探索，悟出了"守墨方知白可贵，能繁始悟简之真"的艺术真谛。那些年，他拍摄的《伴郎走天涯》《流动的饭桌》《海魂》等著名军事题材作品，画面简练、故事味特别浓厚，既展现了我人民海军的阳刚之气，也体现了我人民海军的柔情似水。作品在《解放军画报》《解放军报》《人民海军报》等报刊刊发后，在军地引起很好的反响。当时，《解放军画报》社拟商调他过去当记者。

20世纪80年代那些年月里，佘山老师转业到福建省艺术馆摄影部工作,从未流过泪的他,流下了热泪。那是他被福建省摄影家协会评为"福建省首届十佳摄影家"后,去参加一个由协会组织的"十佳摄影家采风团"赴贵州采风创作活动。他真的不敢相信,贵州这个红军长征走过的地方,村民们住的还是茅草顶的土坯房,传说中的一家人共穿一条裤子、一家男女老少蜷缩在阁楼里睡的事,在这里的乡村中随处可见。听村干部讲,这里人均年收入才24块钱,只够买点盐巴煮土豆过日子,他更是震惊了。走村串寨时,他发现这里连口生铁做的锅都没有,想象中的农村与现实之间的落差之大,让他陷入了沉思。那晚回到乡招待所,佘山这个当年在海上拍摄舰艇编队时从桅杆上摔落甲板,砸得头破血流,缝合伤口时没有麻醉药也不吭哧一声的硬汉子,面对香喷喷的晚餐,没有动一下筷子,与其他团员一样哭了。于是,带着浓厚的深情,他创作出了反映贵州乡土风情的《三十九岁的女人》《年轮》《山鹰》《润物无声》《落日黄昏》《太阳正艳》《酸甜苦辣个中滋味……》等作品,得到了国内外摄影界的认可,也让数十万阅读过他作品的读者和摄影爱好者,对他的作品给出了很高的评价。他们说,佘山的作品挖掘了普通人物的内心世界,画面之外的联想空间,具有强大的艺术感染力,特别是鲜明艺术特点与风格面貌的结合,透露给人的更是一份关爱、一种思考、一股回味……

20世纪90年代那些年月里,已是福建省艺术馆摄影部创作室主任的佘山老师,对摄影思想的认识有了新的飞跃,也逐步从个人带头创作、个人带头出作品的小境界中走了出来,以更大的热情和主要精力投入到摄影的组织工作中。为此,他在工作岗位上甘为人梯,辅导培训全省文化系统摄影干部;在组织策划摄影艺术活动中,运筹帷幄,思路开阔,干脆利落又于细微之处见功夫。特别是他那才思敏捷、直抒己见、保存真我、宁肯得罪俗人也不得罪艺术的个性,更是奠定了他在全国摄影艺术界的地位。20世纪90年代初,对摄影艺术和摄影事业有着执着追求和开拓进取精神的佘山老师,已成为颇具思想见地的策展人和摄影活动家。为全面展现八闽军民鱼水情谊的风采,用摄影的视角再现军爱民、民拥军的场景,彰显新一代军民关系的紧密,他与其他人员一同发起组织"八闽海疆摄影展",得到了福建省文化厅和驻闽海军政治部的联合支持。这在全国开创了军地摄影家共同创作、军地联合举办反映新时期军民鱼水情摄影展的先河,也成了新中国成立以来福建省首次在首都北京举办的大型摄影展览。摄影展的成功举办,也让佘山老师进一步认识到一个摄影展对推动一项工作开展的重要性,对推进摄影事业发展的深远意义。

历史的车轮进入21世纪,2001年1月11日,由佘山老师等人发起并经过4年策展的,由中国艺术摄影学会和福建省艺术摄影学会联合主办的首届中国人体摄影艺术大展终于在广州中华广场三楼展厅开幕了。这一大展成功开办后,一个记者这样写道:步入中华五千年文明史上首次中国人体摄影艺术大展的展厅时,只觉得一股暖流扑面而来,这里没有冬天,迟到的春天终于来了。

从筹展到展出经历了4个年头,其中的艰辛,佘山老师也只是在5年后的中国摄影家协会50年征文集《往事如烟》中简略提到。当年办这一大展有四难：一是审查、审批难，二是征稿难，三是签约难，四是经费难。尽管有这难那难，还有报刊不能发征集作品启事，大展还是征集到了全国发来的5000多幅作品，并得到中国艺术摄影学会的支持。摄影展开幕前没有召开过新闻发布会，一切在悄悄地进行，但得到了广东省委机关报《南方日报》的大力支持和鼓励，它率先用半个版面图文并茂介绍此次展前幕后的相关信息。新华社广东分社也率先向全球发出通稿："这是一个健康、积极向上、意义深远的摄影展。"中央电视台及《人民日报》《中国摄影报》《人民摄影报》《羊城晚报》《北京青年报》等国内数十家媒体相继做了报道，认为此次摄影作品的公开展出："反映出21世纪我国社会的进步和国人心理素质的成熟。"《人民日报》称："影展开了中国人体摄影艺术的先河。"美联社、路透社、法新社、共同社等国外传媒也做了正面报道："人体摄影展在中国首次公开亮相，从侧面反映了中国思想观念的进一步解放。"

摄影展在广州成功开幕，全国其他城市纷纷邀请接展。此后开始为期近一年的全国巡展，相继在海口、杭州、上海、苏州、西安、郑州、洛阳、哈尔滨、沈阳、长春、大连、成都、重庆、昆明、贵阳、武汉、深圳等近30个城市展出，并创下了以下纪录：中国有史以来第一次全国性人体摄影艺术展；中国有史以来举办难度最大的一次摄影展；中国有史以来参观人数最多的一次摄影展；中国有史以来最受国内外媒体和民众关注的一次摄影展；中国有史以来奖金最高的一次摄影展（金奖作品5万元，总奖金发放近30万元）；中国有史以来争议最大的一次摄影展；中国有史以来从筹展到展出时间跨度最长的一次摄影展（4年）；中国有史以来评委构成最新、最广的一次摄影展。

2001年，全国首届人体摄影艺术大展被评为中国十大文化新闻之最，然而却让佘山老师惹上了"官司"。《美姿》模特肖像侵权案索赔百万元，成为新中国成立以来肖像侵权索赔标的最高和最具有争议的肖像侵权案例。这幅作品没有展示面部，没有脸的作品到底是否构成肖像侵权，引起法学界的学术争论。佘山老师和律师多次到海南应诉，但官司耗时近两年，导致佘山的父亲临终前拉着他的手断断续续地说道："儿呀，快扶我回家吧，我老了，别在这待了，留点钱给模特送去，这官司别再打了，和为贵呀。"可老人家哪知道，他那点儿积蓄在住院的几个月中早就用得精光；老人家又哪知道，这官司不能输，如果没露脸的作品也算侵犯肖像权，那对中国摄影界无疑是一场灾难。面对生他养他的父亲的临终要求，那时，佘山老师沉默无语、愧疚之至。

随着摄影器材的日益自动化、智能化，拍照片已从传统的技术圈里解放出来，用相机、手机玩摄影的人数多到史无前例。从不满足的佘山在摄影创作和摄影组织工作的实践中，遇到了许许多多只有摄影人才会遇到的艰辛、艰难和困惑。他觉得摄影事业的发展，不能光靠摄影人的作品和展览去单打独斗，有必要让摄影人在摄影艺术求索中的酸甜苦辣为全社会所知晓、所理解，进而得到全社会的宽容、理解及支持。这样，摄影才有更大的空间，摄影事业才可能有突破性的发展。因此，既想成功把人体摄影艺术作品引进展厅，又想成功把人体摄影故事搬上银幕的佘山老师，在"全国首届人体艺术大展"顺利落幕后，选择了"沉寂"。这一沉寂就是5年，但5年后，他以人体摄影艺术为主线，反映摄影人的情感世界、际遇和追求的电影文学作品《走进阳光》诞生了，他的脸上也终于露出久违的笑容。这部写人体摄影、摄影展览和摄影人的电影文学作品问世后，佘山又在中国电影文学史上开了先河，向社会交上了一份合格的答卷。

近几年，佘山老师继续耕耘在组织采风、策划展览，空闲时间也会与三五好友行走在山林田地间，奔波于天南海北处，把生态万物收入镜头之中。

永不言悔，永葆激情，佘山老师保重！

（原载于2017年08月10日《南方日报》）

赏析：

佘老师用尽毕生心血，为文学艺术付出，坚持不懈，终于让艺术之花开出最灿烂的颜色。读者跟着作者的笔，一起了解了这个具有传奇色彩的文学艺术大师,对他有了充分的认识,一份敬佩之情油然而生。文笔细腻,极具美感,叙述详尽,描写生动。带给读者精神盛宴,留给读者遐想的空间。好作品,充满热情,感染读者。

——江山文学网申文贵老师

边关军歌响起来

"都说边疆诗情画意/哪知边疆历经风雨/都说边疆风景秀丽/哪知边疆也有潮落潮起/乌苏里的朝霞染透天宇/帕米尔的落日燃烧如炬/呼伦贝尔的传说充满情意/界碑那边还有好多世代邻居/爱她裹着沃野千里/爱她护着神州大地/爱她流动着丰收的旋律/爱她永远飘扬的红旗……"

近日,一段2011年央视记者含泪采访中印边境解放军战士的视频火爆网络,我看着看着,眼睛也禁不住流了出来。特别是记者教战士们唱这首《边疆颂歌》的情景,更撩动了我的思绪,让我想起那年月由我发起并组织的"本报记者高山海岛行"采访活动,想起那在远洋深处与海上测量官兵工作的日日夜夜,想起那与一岛一兵一家过春节的美好时光,想起那一首首熟悉的军歌……

万里海疆的高山海岛,云雾缭绕的大山里,有我们的"千里眼"部队,有我们常年与云雾做伴的兄弟战友;海水环绕的小岛上,有我们那晨雾中巡逻执勤的观通部队，有我们常年与海风为伍的士兵兄弟。台风来临的季节里，补给船上不了岛，他们只能靠啃萝卜干或喝盐水对付一日三餐；云雾锁山那半年多的日子里，他们的棉被一天到晚都是潮乎乎的。为此，有一年的八一建军节前夕，为探访海防线上官兵的真情故事，作为军事记者的我，在部队领导的大力支持下，向军地报刊发起了"说一说高山海岛部队官兵的故事、看一看舰艇部队乘风破浪的雄姿、聊一聊海军部队驻地的风土人情"的"本报记者高山海岛行"采访活动。

印象中，采访的第一站是亚洲最大的海岛风力发电站所在的海军哨所。这里一年四季大风不止，常年生活在这一环境中的官兵，心身不仅要接受风的洗礼，还要经受咸味十足的浓雾侵袭。但写在通往哨所台阶上那句"天天想事天天干事，事事办成漂亮事；人人为站人人建站，年年争创先进站"的座右铭，让我离开军旅十多年后还清晰记得，因我也时时刻刻把这句话作为自己的座右铭。那首经官兵改编的歌还在脑海回响："风中有个温馨的家，一个温馨的家，官为兵来兵爱家，深情片片融进家……"让我记起这里的家的味道、兄弟的情谊。

脑海中，有一座高耸云霄的大山，好像山下的老百姓把它叫作"望天顶"。这座海拔1000余米的高山，一年有8个月时间山顶云雾笼罩，还有2至3个月台风肆虐。从山下步行到山顶要走8小时的山路，所要转的弯有998个；从站部走到战位要攀登992步台阶，有的地方是75度的陡坡，官兵们把它称作"天路"。这里的站领导告诉我，在这里一个战士入伍2年，上下战位所走的台阶，要比走一次二万五千里长征还多出五百多里地。这里的小黄牛由于是近亲繁殖，最大的一头也不过300斤；这里的映山红树百年、千年过去，还只有一米来高；但这里的官兵把哨所建成了全海军闻名的高山哨所。

印象最深的是那群笑傲惊涛急流、悬崖险滩的海上测量官兵们，他们经常出没在林木茂密的大山深处，风浪口中的无名礁盘。我与他们一同进山林田地间，闯波峰浪口处，体会到了口腔溃疡、便秘、痔疮给测量官兵带来的难言之隐。因他们早上5时出门测量吃的是面包，中午吃的是干粮，4个人共一壶开水，不到半天就喝完。半个月后，口腔溃疡、便秘、痔疮等病接踵而来。特别是痔疮，一天下来，屁股都被磨出血来。好在官兵有创意，把泡沫塑料掏个洞做成透气垫，才减轻其隐痛。正因他们的艰辛努力，我们的万里海疆边防线才有了最精确的图纸。

印象中岛上有一个菜市场，这个市场只在早上开半小时，也许这是全国最小的菜市场，也许全国没有其他像这里一样供应方单一的菜市场。猪肉供应方是驻守在这里的舰艇部队，蔬菜供应方是部队附近的村民，鱼虾供应方是在这里捕鱼的渔民；购买方既有舰艇部队官兵，也有来这里过一年一度"牛郎织女"假的军嫂们，还有的就是驻地渔民。菜市场虽小，却解决了舰艇部队临时补给的问题，来部队度假家属购菜难的问题，完善了驻地村民、渔民的生活保障，既促进了军民团结，又保证了部队训练工作有序开展，打开了多方共赢的天地。

最难忘的是陪一名守岛战士过春节。这位战士有十年漫漫军旅路，从北海边疆到南海前哨，从大岛到小岛，工作岗位几经变动，9个春节都在岛上度过。我们随他下码头、进洞库、检线路。我从他的家常事里看到了情操。他没有豪言壮语，但我理解他的誓言：真正的战士就应站在祖国版图的最前哨。于是，在陪他过春节前，我为他写了一副春联：一岛一兵身处特区一尘不染，一港一库责任重大一天不落。横批：一心守岛。

回想起那么多的片段，此时，我的耳边仿佛传来了吕继宏的那首《问边关》："听说一支竹笛能把月吹圆/听说有支兵歌年年都流传/听说你哨塔高/听说你国门宽/听说你那缺水的日子/夜夜都在梦江南/问边关问边关你为什么不喊苦/问边关问边关你为什么不叫难/我的那些好兄弟行进在阳光里/他们巡逻的脚步为什么总向前/爱边关爱边关情呀情相依/爱边关爱边关心呀心相连/我的那些好兄弟行进在阳光里/他们巡逻的脚步为什么总向前/总向前总是向前……"

想起边关、海防等字眼，我在百度搜索中看到边关的解释是这样的：古代指的是两国交界的关口，一直沿用到现代，因为国家的存在，边关也是存在的。而海防的解释就没有完整的表述。

儿时，常听、常唱李谷一那首《边疆的泉水清又纯》："边疆的泉水清又纯/边疆的歌儿暖人心暖人心/清清泉水流不尽/声声赞歌唱亲人/唱亲人边防军/军民鱼水情意深/情意深！"如今唱起来，对我来说还是那样的亲切、那样的怀想。

可当我回想那句"谁无视海洋谁就将被开除球籍"的话语时，我的心似乎回到了海洋，回到那为宣传海洋、为宣传保护海洋的官兵们而上高山下海岛的激情岁月。如今，当我们的海军舰艇编队护航在亚丁湾，出现在电视画面上时，当我们的习近平主席沙场点兵的直播画面进入我的眼眶时，我真的为我军的现代化发展而自豪，为那默默无闻守护在边关、海防线上的战友们而骄傲。这也让我听懂了吕继宏的那首《你幸福我祝福》的内涵和外延——

"踏上那从军路／就不说什么是苦／当兵的胸怀宽得很／你幸福我祝福／踏上那从军路／总觉得人羡慕／子弟兵就该为人民／你幸福我祝福／在我驻守的大高原为你祝福／在我站岗的小海岛为你祝福／在我行进的路上／行进的路上／年年月月为你祝福／你幸福我祝福／你幸福我祝福／你幸福我祝福／我的祝福是一串绿色的绿色的音符……"

（原载于 2018 年 07 月 18 日《南方日报》）

赏析：

谁是我们最敬爱的人？我们的子弟兵。谁在边疆为我们保平安？中国人民解放军！用语言无法表达敬意，歌声颂不尽军魂。文章把军营采风的细节，结合赞美军人的歌词明晰地流淌在笔尖上。军人在艰难的条件下坚守哨所，勘测官兵笑傲惊涛急流与悬崖险滩地的画面跃然纸上。伟岸、坚强、豁达、高尚，为祖国和人民的需要而全心全意无私奉献所有的军人，令我们肃然起敬！作者的文字富于深厚的感情，语言流畅，一篇带有敬意写军人的作品，推荐同赏！

——江山文学网维纳斯脚下的小丑老师

离开军事记者岗位这 10 年

2004年,我离开了《人民海军》报南海站记者的岗位。

2014年,蓦然回首,我离开这一岗位已整10年。

10年,弹指一挥间;10年,社会变化的时间节点。

10年,我做了什么?10年,我用什么向我的娘家人汇报?

彭化义老师多次催稿,我也一直思量。

说心里话,《人民海军》报是我成长的摇篮,她见证我从一个连什么是新闻、什么是文学都不懂的战士,成长为一名军官,一名负责一方新闻工作的驻站记者。

说心里话,人生路上要感谢的人太多,《人民海军》报就是我一辈子铭记不忘的大恩人。感谢的话语,千言万语道不完!

下面,我从几个方面向《人民海军》报领导和编辑老师们及工作在万里海疆的新闻报道员们,汇报一下我到地方工作后,从国际大赛的新闻统筹员、新闻策划员到广州亚运会和亚残运会总指挥部的突发新闻应对小组副组长,再到成为国际大赛、民生大事、党政信息、大型汇报材料等方面统筹、策划的一些心得。

**怀揣简历闯市委大院的启示：
自身硬就是最好的关系**

2004年7月初,广州市军转干部进公务员队伍的考试成绩出来后,我就怀揣着一本以《人民海军》报作品为主体的简历,拿着一张广州地图,孤身闯广州市委、市政府相关部委办。

当时,部队的很多领导、同事对我的行动不理解,说转业找工作是要有人脉关系的,你这样去上门瞎投简历,只能石沉大海。听他们这样一说,我心里也有点犹豫了。

正当我在自送简历与找关系上作选择时,转业到地方工作多年的老处长鲁志南和陈启正老师得知我有这个行动后,分别打来电话表示赞赏。他们明确告诉我,地方最需要的就是文字基础扎实、能写各种文体的人才,你大胆去投简历,相信你一定成功。有了他们的鼓励,我携带简历闯进了市委、市政府大院。

广州市体育局第一时间选定了我,并与我签了转业干部接收协议。可是正当我接到广州市体育局人事处通知,要提前去上班熟悉情况时,市委组织部、宣传部、公安局、农业局、新闻出版局、外经贸易局、国安局等单位打来电话,让我去面谈、面试。

去与不去,选择权还在我手上吗？特别是市委组织部办公室主任亲自打来电话说:"陈建族同志,在刚刚我们部里研究转业干部的会议上,市委副书记兼组织部部长苏志佳在100份简历中点名选择了你。他说你能吃苦、不找关系、功底扎实,这样人就是组织部要选的人;还说市委老干局没有把你要来,这次组织部一定要把你要来。我作为转业干部首先恭喜你,同时希望你做好下周一来组织部面谈的准备。"

"谢谢市委领导对我器重,可是我已与市体育局签订了协议。"

"不要紧,只要你肯来,市体育局的工作我们来做,你先来部里见一下面谈一下再说。"

那天,我一踏进组织部会议室就惊呆了:3个副部长和3个处长已等我多时。谈话、回答问题后,3个副部长和3个处长非常满意,给我一个星期的时间考虑,承诺市体育局的工作他们来做。

在家考虑了3天,最终是广州亚运会这个舞台让我作出了决定:不去组织部。

市委组织部办公室主管人事的主任接到我的电话后,让我再考虑一下。我再次表明了自己的态度。

市委组织部、老干局和省委、省政府办公厅都选我,而我依然选择了市体育局的过程,让我不得不告诉还在部队的新闻干部和报道员们:自身综合素质硬,走到哪里都有宽阔天地。

承办国际大赛能赢利的启示：
新闻策划至关重要

我转业到广州市体育局这10年，是广州举办国际大赛最多的10年。这10年，广州成为举办世界所有乒乓球顶级大赛和世界所有羽毛球顶级大赛的城市之一，国际乒联把8个乒乓球训练基地之一放在了广州，国际羽联也把2个羽毛球培训俱乐部之一落户广州，展示了这座城市的体育魅力，也彰显了这座城市的宣传影响力。

与此同时，国际单项体育组织包括美国NBA和欧洲的皇马、曼联、切尔西等豪华足球俱乐部，喜欢把顶级大赛放在广州举办，把自己的球队拉到广州来打友谊表演赛。原因有两点：一是广州举办国际大赛市场十分火爆，二是广州承办国际大赛的宣传策划十分到位。

我进市体育局这10年，充分利用《人民海军》报老师们所教的策划理论和实践知识，一直在研究承办国际大赛的新闻策划，研究怎样把市场运作与赛场赢利结合得更完美。

2007年，美国NBA运作了一场国际顶级篮球赛，由美国最高水平的篮球梦七队（国家队）、巴西国家篮球队、中国国家篮球队进行高水平的对决。

比赛在广州开打，时间只有10天，对方要求支付1400万元人民币，而招商权、冠名权都不给，给广州的只有门票销售权，而政府给的启动费只有数百万元。怎样才能做到不亏再略有赢利，是摆在赛事组委会面前最大的难题。

组委会在采取股份制合作融资的同时,把功夫花在宣传策划上。

任务落在我的肩上。时间短、材料少、要求高,怎样才能形成连续性宣传,这让我一夜未眠。

第二天,当我把策划的意义篇、场地篇、生活篇、明星篇、全景篇、文化篇等8篇专题设计稿拿出后,得到了组委领导的肯定。之后按此策划方案操作,本次顶级篮球赛票房连连攀升。赛事结束后除去所有开支,赢利达数百万元。

有了这次成功案例,美国NBA专门派亚太区总裁来到广州落实篮球馆建设问题,后由萝岗区投资专门建设了一个与美国NBA篮球馆一样的广州国际体育演艺中心,美国NBA定期到这里打季前赛。

国际大赛离不开市场运作,而要运作就离不开宣传策划。一座城市是否能承办国际大赛,一看城市的人口和经济实力,二看城市的媒体环境和宣传策划力。

2013年8月,世界羽毛球锦标赛在广州举办,广州在成为举办世界所有乒乓球顶级赛事大满贯城市之后,又将成为举办世界所有羽毛球顶级大赛的大满贯城市,这在国际城市中是屈指可数的,在亚洲更是首屈一指的。

由于国际经济市场复苏较慢,赞助企业在投入中犹豫不决。为此,组委会专门召集市场部门与宣传部门开会,研究怎样拉赞助。

组委会领导听取市场部的报告后,初步决定把门票收入定在较低的价位来招商。而作为宣传部副部长的我,当场陈述自己的观点:广州以前承办的所有世界羽毛球顶级赛事,门票收入都占大头,远的不说,承办苏迪曼杯羽毛球赛门票收入都达到数百万元,本届世界羽毛球锦标赛只要新闻宣传策划跟上,门票收入肯定在数百万元以上。领导听完我的建议后给予肯定,专门指示加强新闻策划,强化媒体合作。回到办公室,我一边撰写新闻宣传方案,一边与《南方日报》《羊城晚报》《广州日报》和新兴媒体协调合作。通过与平面媒体、电视媒体、新兴媒体合作,形成立体、系列性的宣传攻势,赞助商纷至沓来,门票销售到决赛场被黄牛党炒高了两倍,还供不应求。赛事结束,门票收入超出了预算。

突发事件新闻应对的启示:
研判舆情是必修课

报社领导和老师来电及发短信问候:建族,你这 10 年除了做新闻策划和完成本职工作,还做些啥?我说:突发新闻应对。

在地方做新闻工作与做部队新闻工作最大的区别,就是突发事件新闻应对。

体育也是民生工程。随着人们的生活水平提高,对怎样健身,有哪些场馆开放,有没有优惠和免费开放,民众特别关注,媒体更是聚焦,政府领导更是关心。

我们局所辖的天河体育中心场馆内砍或移动一棵树,都能吸引媒体进行大版面报道。如场馆开放的时间变更，媒体更会追踪报道。所以，舆情研判成为我到地方工作的第一必修课。

我一方面阅读突发事件新闻应对类的书籍，另一方面在思考怎样寻找结合点。于是，我把体育分为民生类、活动类、竞赛类，这三类都容易引起政文、社会、体育记者关注，在发布新闻时，就要研判宣传效果，研判会产生哪些舆情。

比如广州马拉松赛这类新闻发布，发布前就研判政文、社会、体育记者的发稿效果，是否正面能盖住负面，是否能达到社会效益与活动效益双赢的效果。因此，类似广州马拉松赛这一类的体育赛事，它不仅是一项全民参与的体育比赛，而且是一项政文记者关注的民生活动。因此，就要超出常态的做法，从宣传面的拓展上，平面媒体的记者肯定是选择政文和社会版的，毕竟它的受众面广，而且版面在体育版的前面。电视媒体和新兴媒体一般是政文与体育记者并举。同时要收集各工作部门的情况，设置难点、热点和突发点的新闻备答口径，有时间和条件的情况下可以进行模拟演练。

而国际大赛突发事件新闻应对点，除要研判好国内外媒体对本次大赛的关注点和需求点外，就是要研判参赛国和地区有没有敏感事件发生，参赛运动员有没有想借中国举办国际大赛这个舞台，向世人展示什么，目的又是什么。在与各部门进行集体研判后，宣传部门应该做什么、怎样做，要做到心中有数，临突发而应对自如。

近年来，随着地方每年都把体育设施建设和开展全民健身活动及体育场馆对外开放等工作，纳入政府每年必办的民生大事，除政府部门大力督办外,媒体也会不断跟踪时间节点。因此,每年的新年前夕要针对各项工作的开展,研判拟定分多少波次发布新闻的方案,拟定每次新闻发布会的敏感点和关注点备答口径。比如,全市体育工作会议召开前,经过研判后,发布上年度体育场馆惠民、体育大赛惠民、体育科技惠民等方面专题性成果及新年度计划安排。同时,做好时段性的舆情研判和口径备答,从而使每次发布都能抓住媒体的兴奋点,报道效果彰显正能量。

10年的地方工作,我参与了市委、市政府多部门的舆情研判工作,在广州亚运会、亚残运会担任总指挥部宣传部突发事件新闻应对小组副组长期间,与同事们一同编辑热点、难点新闻应对手册好几本,参与处置突发事件新闻多起,得到领导的肯定。

党务、政务信息排名前列的启示:
新闻敏感就是信息源

到地方工作10年,我还负责抓的工作就是党务、政务信息报送,也就是每月要从本局系统选择一些市委、市政府领导决策用得上的信息进行编辑,然后报送市委、市政府办公厅。

这项工作有指标和排名,如每月报送和采用为零,通报就会直达主要领导桌面。

我刚到局里工作时,这项工作在市委、市政府的排名都是后几名。2012年,这项工作交由我处统筹负责后,我一边把新闻工作的敏感性用于信息采用的研判，一边主动向局系统抓约稿，同时抓好与市委、市政府信息刊物编辑的沟通联系工作。在具体布局上，第一抓培训，使局系统信息员明白什么叫信息；第二抓实操，采取案例分析，引导局系统信息员怎样写；第三抓帮带，辅导局系统信息员怎样写深度。通过"三抓齐下"，我局系统信息员具备了以下能力。

一是具备了从大的历史时空选择重大体育信息的能力。每年，党中央都要紧跟世界形势的发展变化和我国的实情，及时做出正确决策和发出重要指示。各省、市也会结合自身实际，做出具体部署。我及时下载相关信息材料共享至党政信息QQ群，让信息员早学一步、深学一步，结合体育工作实际，收集提炼加工信息。近2年多来，我通过党政信息QQ群进行指导，使我市体教结合、校园足球、体育惠民、体育大赛、体育场馆开放等方面信息，被市委、市政府信息刊物采用，并得到了市领导的重要批示。

二是具备了从大的历史发展选择重点体育工作经验信息的能力。广州体育发展的60年，是辉煌的60年，各项工作都积累了很多经验。怎样把这些经验进行延伸来做信息报送，一直是我思考的问题。在传帮带中，我通过帮助信息员修改编辑局系统各单位所报的信息，有意把这个单位过去所取得的经验与当前创新发展所取得的成绩进行有机结合，给老典型的经验赋予新内涵，然后进行深度加工编辑，成了经验信息的延伸点。稿件报送后，很快被市委、市政府的专刊信息采用，也让局系统各单位的信息员提升了驾驭经验信息的能力。

　　三是具备了从大的历史事件选择重大体育动态信息的能力。每年广州所举办和承办的国际大赛及创新的一些举措，都会成为国内和亚洲及世界体坛的重大历史性事件，怎样把这些历史性事件做成动态信息，与平面媒体、新兴媒体抢时间，成为我研究党务、政务信息报送的必修课。比如广州恒大足球亚冠夺冠这类大的历史事件，我让负责足球的信息员，采用短、平、快的手段，利用手机短信报送给我，然后经我编辑后，第一时间报送市委、市政府，从而使这类历史事件的动态信息及时、准确地摆上市委、市政府主要领导的桌面，形成了与平面媒体同抢时间差的格局。

　　四是具备了从大的历史变革选择重大体育调研信息的能力。进入"十二五"时期，特别是广州成功举办亚运会后，广州在转变体育发展方式中，提出建设国际体育名城奋斗目标。我利用本处室负责这一课题调研与撰写的契机，首先将这一课题作为重要调研信息报送市委、市政府备案，然后等调研报告初稿出来后，便组织课题组的信息员进行研究选取。广州建设国际体育名城与国内、国际体育名城相比有哪些优势和差距？面对差距，广州应怎样办？通过5次反复修改稿件的传帮带，让信息员在撰写调研报告时主动研究调研信息的写作，并主动报送。最后这篇调研信息经我深加工后被国务院办公厅和省政府办公厅采用。

　　五是具备了从大的历史决策选择重要体育问题信息的能力。广州是国家五个中心之一。广州在经济、社会发展中，提出推进新型城市化建设奋斗目标,这是广州的一个重大历史决策。体育是新型城市化建设中不可缺少的一部分,必须做大做强,才能为推进新型城市化建设做贡献。于是,我带着局系统各单位信息员把关注点落在制约体育事业发展的问题上。我撰写的《大学城体育中心提速升级需要多措并举》《体育场馆开放需要税收政策支持》等多篇建议性的问题信息,被市委、市政府专报采用,得到了市委、市政府领导批示。问题很快得到解决,也让信息员看到问题信息的重要性。

由于信息员队伍素质的提升,目前,我局的党务、政务信息在市属98个单位中排名前25名内。

新闻工作能连续先进的启示:
多部门配合才能成就大新闻

近两年来,为推动政府各部门新闻工作的开展,地方政府也采取相应措施对各部门进行年度新闻工作考评。由于我局领导高度重视新闻宣传工作,每年有重大选题入选市委宣传部重大新闻宣传计划,重大活动新闻专题被市政府选入,为此,我局连续两年被市政府评为七个先进单位之首,并作为经验单位在全市新闻工作会议上作介绍。回顾这两年新闻宣传工作所取得的成绩,体会有三。

一是重大新闻专题要有特色。新闻宣传要牢牢把握"人无我有,人有我新,人新我独"的原则。近两年来,我局新闻工作就是准确把握了这三个原则,把宣传主题定在了"体育惠民""转变体育发展方式"上。比如"体育惠民"围绕"体育设施惠民、体育场馆惠民、体育活动惠民、体育大赛惠民、体育科技惠民"五个专题展开；而"转变体育发展方式"围绕"广州面临的挑战、广州与国内城市的差距、广州究竟有哪些优势、广州体育转型转什么"四个专题选新闻切入口。这些事关民生、事关体育发展的选题一经报送，贯彻了市委、市政府关注民生、推进新型城市化发展的指示精神，市委宣传部领导一看就批示将其纳入年度宣传计划。

二是重大活动新闻专题要有策划。重大体育活动和体育比赛大都是由政府牵头主办的，而怎样宣传、宣传要达到什么效果，就是由承办的体育部门来操作。但是广州国际龙舟赛、横渡珠江活动、全民健身日活动、广州马拉松赛等重大活动和重大赛事又有其特殊性及复杂性，加之这些活动和赛事年年搞，新闻宣传策划要有创新、要有独特性，真的是难度相当大。然而作为活动和赛事组委会宣传部，每年的新闻宣传策划必须做好。这几年，我在主持这些活动和赛事新闻宣传策划中，注重每年围绕一个主题来策划专题。比如广州马拉松赛，第一年我们围绕"意义"这个主题展开；第二年我们围绕"服务"切入，今年我们围绕"提升"主题宣传。再比如广州国际龙舟赛的新闻策划，近几年，我着重围绕"国际""文化""服务"等主题进行新闻策划宣传，宣传的正能量作用不断彰显。

三是专题活动比赛新闻宣传要配合。重大专题、重大活动、重大赛事的宣传，一定把握好一个原则，那就是要在市委、市政府宣传部门的统筹下做好配合。切记不越权、不越界，如有授权，也要多请示、多汇报，在上级宣传部门的领导和支持下，全方位配合完成所在部门所报的专题和重大活动及重大赛事新闻宣传策划方案落地。这里要说明的是，配合就是要把新闻策划宣传方案中所涉及的内容，整理成符合新闻规律的材料，同时在市委、市政府宣传部门的主导下，选好记者需要的采访点、采访人物，并做好接待记者方案。采访时，陪同一定要是熟悉业务的领导或相关人员，每个点介绍重点、讲亮点、讲成效、讲相关的情况，别离题让记者寻找突破口。

近两年多来，我局能形成新闻策划宣传起高潮、负面新闻能应对、重大专题宣传引关注，关键就是坚持了以上几点。

我的汇报就到这里，再次感谢《人民海军》报娘家人对我的关心。

（原载于《水兵记者》杂志）

辑三 家乡采风

心灵在城步苗乡净化

我日思夜想那一个地方
远远我闻到那花香
蓝蓝的天色
倒映的湖光
梦里的峡谷如画廊
……
——歌曲《美丽苗乡》

如果不是深秋时节,随广州市作家协会部分作家和报刊、出版社主编"走向苗乡城步"采风,我还真不知道我那苗乡自然风光有如此这般漂亮,我那千年苗乡历史文化沉淀有如此这般深厚,我那苗乡父老乡亲的内心世界是如此这般纯朴……

山水城步：触动心灵之弦

落日彩霞满千山
轻舟晚归荡炊烟
吟歌对唱月半弯
不知迷醉山水间
……
——歌曲《山水间》

带着梦幻般的憧憬，与作家、主编走进城步苗族自治县第二张国字号名片——白云湖国家湿地公园。

白云湖国家湿地公园总面积9.6平方公里，平均水深83米，总体容量3.6亿立方米，水路绵延18公里，拥有亚洲最高的垒石坝——全部是用石头砌起来的。乘船置身湖心，把镜头对准环湖四周的绿岛青山和湖岸上炊烟袅袅的少数民族民宅，蓝天白云、青山碧水、吊脚木楼，仿佛自己生活在世外桃源当中。踏上大坝，往坝内看，险峻的两山间，感觉一湖碧水向自己涌来；往坝外看，坝高121米的山谷里，一幅青山秀水美画卷展现在眼前。

进入桃林苗寨境内，县文联副主席阳盛德说，这是他出生的地方，也是湖南省发改委重点帮扶打造的旅游生态村。于是，我们沿着如画廊般的小溪漫步。捧一捧溪水洗一把脸，如同洗去心灵的铅尘；荡一荡用树藤做的秋千，玩一玩跷跷板，如同找到了童年的感觉。拍一拍形如猴子的猴山,看一看装饰独特的苗家吊脚木楼,品一品刚从地里挖出来的红薯,风雨桥上再歇一歇脚,如同回到逝去的那年那月。摇晃的钢丝桥,溪边的野花、古树,远去的吊脚楼,加上身着旗袍的美女作家李锦琼,使本来自然生态美的苗寨,多了一点古典美。戴上斗笠、背上苗家的背篓,美女作家兼剪纸艺术家何丹凤成为大家争先拍摄的模特。

午餐后,当心灵之弦还没从桃林苗寨的自然之美中平静,陆定一老先生题写的"老山界"纪念碑三字映入我们的眼帘。怀着敬仰之情,我们走近合影,再看一看满山错落不一、向上延伸的树林,仿佛看到当年红军战士正在翻越这座大山。走一走当年的红军路,心灵之弦仿佛再次被那峥嵘岁月中红军翻越大山的脚步声拨响。

蔚蓝的天空、湛蓝的湖水、鬼斧神工的天然盆景,茅坪湖如同一颗璀璨的明珠镶嵌在南山顶上。作家陈东明一看介绍,得知这里有总面积0.98平方公里的天然盆景园,有大大小小盆景108盆。他忘了脚上水泡带来的疼痛,登上了100多米高的丘陵包,见一块块孤立裸露的岩石上,竟然长出一棵棵岩梨子树、青叶树,不禁感叹:"石如盆,树为景,姿态万千,形神兼备,真是大自然的恩赐,实属罕见哟!"登临紫阳峰,如置身绿色的海洋,蓝天、白云、绿草、牛羊,令人心旷神怡。大家倚着那块写有"南山大草原"的石头,留下最美的一面,感觉好像是当年的知识青年回"娘家"来了。站在被中央军委授予"高山红哨"荣称的哨所石碑旁,省青年摄影家协会副主席李洁军情不自禁地下达了一声标准的"敬礼"口令,同行的作者和主编自然而然地抬起右手与太阳穴平齐,藏在心底那根爱国、爱军的心弦再次被拨响。

风情城步:荡漾心灵之歌

一山一水一梦间
一路你我心依恋
一春一秋一流连
一生相约爱永远
……
——歌曲《山水间》

走进城步苗乡的山山寨寨,你会感到这里不仅姑娘小伙能唱能舞,连那吧嗒着烟杆、须发斑白的山民在酒席宴前亲朋满座时也能出口成章,满口诗文。本次广州作家和部分媒体主编去城步苗乡要采访的名人就有这么一位,也是我预约多年采访而未成行的对象之一——非物质文化遗产木叶吹歌传承人杨光清老人。

"苗乡树叶青悠悠,摘片木叶吹山歌,问我山歌有多少,一片树叶一支歌。"来到丹口镇下团村新铺里,还没展开采访,众人就被杨光清老人那首用木叶吹出来的歌曲迷住了。"木叶为什么能发出声音?"拿着杨梅树叶,带着疑问,作家李锦琼、何丹风和记者孙嘉晖围住杨光清老人,也学着吹起来。"声音是嘴唇气流与木叶共振时发出来的",杨光清老人用不老不嫩、不厚不薄和叶缘没有锯齿的木叶不厌其烦地教他们如何吹。

谈起与木叶和山歌结下的情缘,杨光清老人仿佛回到了十八九岁的年月。他说,为掌握吹歌诀窍,他曾躺在杨梅树下两天两夜,吹掉了几箩筐树叶,并尝遍山中树叶,还曾误吹过有毒的虫叶子。为此,他的唇边至今留有伤疤,嘴巴里面留下了一条小小的凹槽。"唱山歌、吹木叶,在苗乡是一对孪生兄弟;吹木叶的人必会唱山歌,但会唱山歌的人却不一定会吹木叶。"小小一片树叶,在他嘴里能吹出千变万化的歌声。听着《挑担茶叶上北京》和苗歌《贺郎歌》的悠扬曲调,我们感到杨光清老人这个"江南一叶"的美誉真是名副其实。

杨光清老人告诉我们,2007年从县文化局副局长职位上退居二线的他,为传承苗族文化,没有留恋县城的生活,而是回到故里办起了全县第一家"观竹海、摸鱼虾、唱山歌、吹木叶、喝油茶、品民俗"的农家乐。他自己传承穿苗服、讲苗话、唱苗歌的风俗,老伴刘仁秀传承苗乡油茶习俗,夫妻双双成了名人。他成了中国非物质文化遗产木叶吹歌代表性传承人,老伴刘仁秀成了湖南省非物质文化遗产城步油茶习俗传习基地代表性传承人。几年前,他让当邮递员的儿子也辞去了公职,回乡一心钻研苗乡风俗和习俗文化,如今儿子也成了新一代穿苗服、讲苗话、唱苗歌的传承性代表人。

陪同我们的县委办副主任刘俊华告诉我们,杨光清老人的举动,得到了县委、县政府领导的支持。如今,城步县四套班子里的少数民族领导带头穿苗服、讲苗话、唱苗歌。同时县里还规定,各级领导和县城中小学师生、服务行业和窗口单位的工作人员,在县内重要节庆活动、重大会议和外事接待中必须穿苗服。

印象城步:舞动心灵之美

明月高楼倚栏杆
望断归云路漫漫
难舍当年两情牵
还愿山水长相伴
……
——歌曲《山水间》

夜幕降临,伴随着锣鼓、爆竹声,两条火红透着鳞片的游龙飞舞跃起,夜空中出现了活灵活现的飞龙,它们围着一颗"龙珠",一会儿游动,一会儿翻滚,一会儿又相互追逐,"双龙戏珠"别样地让人震撼。如果不是随广州作家和媒体主编苗乡行,我不知道我们苗乡的吊龙还有公母之分,也想不到它的名气如此之大:被收入国家体育非物质文化遗产名录。

城步县体育局局长阳盛武告诉我们,城步吊龙第一次走进公众视野,是在2010年上海世博会湖南活动周上。两条异乎南北舞龙的"灯龙"在夜空中上演了一出"飞龙在天""双龙戏珠"的好戏,令国际友人无不竖起大拇指。

两条龙中，有一条的舞龙师傅清一色都是女性。她们年龄大多在40岁上下，无论是单龙快速飞舞，还是双龙缠绕穿插，其速度完全不比男队差。一见此景，惊叹兴奋的市作协副主席袁建华和作家陈东明，利用舞龙休息的片刻，专门走进了舞动母龙的女子队，与苗家媳妇们合起影来。他们说这是他们今生见到的最漂亮的龙灯，回到广州要让朋友们见识见识。剪纸艺术家何丹凤一边拍摄，一边用素描纸描画起来。她说，要把城步苗乡最美的吊龙剪出来供人鉴赏。而新快报摄影学院院长王翔是长枪、短炮一起上，只怕错失了任何一个精彩的镜头。

阳盛武还告诉我们，苗族人民自古崇尚龙文化，把龙作为苗族的图腾，尊崇"龙神"为呼风唤雨、主宰水陆生灵的神圣，认为有"龙神"护佑才会风调雨顺、五谷丰登，而把龙高高"吊"起来舞，则蕴含着对美好年成的更大追求，这也就是"吊龙"的由来。

笔者也曾舞过吊龙，自我感觉对吊龙的知识还是略知一二，可是听了非遗项目传承人、年逾八旬的丁志凡老人介绍，才知自己所知甚少。吊龙一般有十二节，代表着一年十二个月，如果遇上闰年就加一节，共十三节；每节由九个竹篾圈编制而成，约3米，全长38米左右。古代吊龙内部是点蜡烛，如果舞动中稍有不慎，容易熄灭或引燃竹篾框架。如今，随着科学技术的发展，苗乡人创新地在吊龙内部装上了电灯，既保证了吊龙的亮度和持久性，而且创制增加了精美的元素。

丁志凡老人从小就跟着父亲学扎吊龙、舞吊龙，舞了一辈子。1996年他和徒弟兰立校组建了"下团苗乡飞龙队"，还扎了一条母龙，成立了女队，逢年过节就走街串巷到处表演。他说，吊龙是集手工艺、绘画、布艺、剪纸、贴花、光学、音乐、武术、表演、巫傩文化和礼仪习俗于一体的综合民间艺术，反映了苗民在千百年来的生产、生活中创造的智慧和才干。

城步吊龙，游动飞翔在夜色天空上，这不正象征着城步经济、社会发展如日中天吗！

历史城步：升华心灵之魂

歌一声，泪两行

亲人远，故乡香

梦中回，夜未央

月光光，照地堂

……

歌曲《故乡香》

走进城步苗乡，感受到的不仅是自然风光美，也是一部典型的爱国史及和谐史。

"杨氏官厅"就是其中一个。典型的砖木结构祠堂，始建于明代永乐二年（1404年），坐南朝北，由前厅、天井、正厅、左右厢房构成一个四合院落,供奉有城步杨氏一至四品名将名臣55位,其他文武官员300多位。

原县农委主任杨开清告诉笔者:"城步杨氏始祖杨再思生于唐末,身经五代乱世,虽然人在官场,但他没有归附任何割据势力,始终以维护国家和平统一为己任;南宋岳家军前统制杨再兴英勇抗金、为国捐躯;明朝杨洪父子世代守卫边疆、捍卫祖国和平统一。这些杨氏功臣名将所创下的精神就是爱国主义精神,这种精神值得我们去挖掘。"听了杨开清老人这一席话,我似乎找到了"杨氏官厅"虽小,但其文化内涵所展示力量无穷大的原因。

如果说"杨氏官厅"是一部绵延不断的爱国史,那么"蓝玉故里"就是一部精忠报国史。

驱车至丹口镇太平村口,迈步走过风雨桥,"蓝玉故里"四字就展现在眼前。始建于明隆庆五年(1571年)的蓝玉故里,原为蓝氏祠堂,后为纪念蓝玉,更名为"蓝玉故里"。

县文联主席赵和平告诉我们:"城步苗乡产生了不少历代名将,在这些堆璨的将星中,明朝开国功臣蓝玉,就是其中杰出代表之一。他的军旅生涯,奇谋善战、忠勇仗义,为明朝开疆拓土立下汗马功劳。后来明太祖朱元璋对权臣戒心太重,以谋反罪将蓝玉诛杀。后至明孝宗时,'蓝玉案'才得平冤昭雪,蓝玉被追封为'开国勋臣'。蓝玉身上所体现的是精忠、仁义报国精神,这也是我们后代应该弘扬的精神。"

精忠报国、为国捐躯,为的是一方水土的和谐,人民的安居乐业。于是，我们走进一方净土——城步苗乡清溪古民宅群。

穿行在东西长1.5公里的清溪古民宅内，我们发现这里保存完整的18座四合院的门非常有讲究。多次到此采风的县文联副主席阳盛德告诉我们说："这些四合院一般分为二进，也有三进，分庭院、前厅、堂屋。进庭院前要先过一道槽门，不管朝向如何，槽门总不会依外墙而立，也不会对着堂屋。用风水学来形容，就是要'藏风聚气'；从为人处世角度来解释，就是教育后人不要显山露水。再看两扇前厅门，一前一后，包含了古代未出嫁的姑娘'大门不出，二门不迈'的意思，也就是守家规。而雕花的四扇堂屋门，上半部分镂空雕成'福禄寿喜'四字，除寓意祝愿家庭幸福外，还便于主人开门前看清来者何人。"

走到古民宅村尾，回头望着透亮的溪水流过每家每户，妇女们在屋前小渠上洗衣洗菜，再想起那写有"忠悌忠信"的四合院门，一幅人与自然的美图呈现在眼前。

舌尖城步：洗尽心灵之尘

山歌飘呀飘

呀哩哎罗

天上的明月摇摇晃晃

照着我那美丽苗乡

芦笙吹呀吹

呀哩哎罗
酒香飘啊飘
呀哩哎罗
美丽的山水
绿色的天堂
永远是我爱的故乡
——歌曲《美丽苗乡》

在苗乡城步采风的几天时间里，我们感触多多。晴雾两天气的南山上，我们看到了牛羊满山坡的场景，喝到了挤出不到一小时的牛奶；山水间的新铺里，我们看到了木叶吹歌迎客来的场景，体会到了苗乡围拢宴的欢快；民风淳朴的苗乡山寨里，我们在芦笙声中体验到了喝拦门酒的滋味，感悟到了合拢宴与围拢宴的不同亮点；民风淳朴的下团村里，我们有生以来首次见到活灵活现的"双龙戏珠"吊龙风采，触摸到了苗乡文化的博大精深；桃林炊烟深处，我们远远闻到那山化香，品味到了苗乡的油茶香。

说起苗乡城步的油茶，还真有点神奇。这一道美食虽然是用茶叶煮水作汤，但其他茶叶煮不出这种奇香；虽然茶礼看似简单，但礼节层次并不比工夫茶内涵逊色；虽然同样是喝茶，但这油茶就是能去乏解饥。

县文联副主席阳盛武是桃林苗寨人，对油茶礼数相当在行。他告诉我们，苗家打油茶、吃油茶尚有一定的茶规可循。

来客打茶，是茶规之一。苗家人热情好客，不管是远亲近邻，还是生人熟客，只要你踏入苗家吊脚木楼的大门，主人便立即丢下手头活计，打油茶相敬。倘若你是初次去苗家相亲，说不定那些温情的苗家妹子会施展自己最好的打茶手艺为你打出香喷喷的油茶，以表心意。打茶当中，锅铲与扒锅碰撞，时而发出很有节奏的乐音。擂槌与擂钵冲捣茶叶和胡椒，产生和谐的韵律，那是姑娘在向小伙子吐露爱的心曲，也是定情的基调。

　　吃茶成双，是茶规之二。苗家人吃油茶，历来有吃双杯的习惯。一般要连吃四杯，也有六杯、八杯的。其意为"好事成双""四季发财"。若只吃一杯，他们称之为"跛脚茶"，是不吉利的象征，也称"单丝不成线"，意味着交往不长。吃三杯也不行，三杯称为"不三不四，四季不到头"。

　　山歌伴茶，是茶规之三。苗家山寨歌如海，他们出门山歌在口，进屋也要润润喉嗓。尤其是当有远方客人来到苗家时，无论客人是男是女，苗家阿妹总要千方百计将村寨里的年轻人叫来"对歌"，以歌伴茶，与之同乐。

　　接送有礼，是茶规之四。走进苗家，家家的堂壁上都挂着一个中间绘有美丽图案的红漆四方茶盘，这个茶盘是专门端油茶用的。苗家在打油茶时，哪怕只有一个客人，主人也不直接用手捧茶，而要用红漆茶盘恭恭敬敬地送到客人面前。客人呢，应立即起身，很有礼貌地双手接茶。主人端茶也要按照先宾后主，按座位依次递送。喝茶时一般主人先动口，客人后喝。这样，一是表示对客人的敬重，二是解除客人对这种饮食的顾虑,让客人放心大胆饮用。

多家领情,是茶规之五。苗家山寨左邻右舍之间的关系非常融洽。只要发现有客人在某家,邻居们知道了,都争相打茶喊客。倘若你是第一次去苗家做客,定然会不知所措。左邻右舍的人坐等请你上门吃油茶,吃了上家走下家,吃了东家串西家,务必户户吃到,家家领情。按照苗家的习惯,其他主人请你吃油茶,你得应邀而去。否则,就认为你厚此薄彼,看不起他们。如果应付不了的话,你也应高兴地婉言谢绝,推说下次一定补上,切不可粗声粗气回绝主人的一片好心。

山水城步,美丽苗乡,美食城步,名不虚传。就让我用曾写过的一首词作为本文结尾:

"一座叫老山界的山,传颂着红军长征的经典;一座叫风雨桥的桥,传唱着清纯古朴的歌谣;一座叫南山的牧场,建设着醇美生态的苗乡。城步苗乡,甜美的地方,只要你走近她,你就会被她的真诚融化;只要你读懂她,你就会无悔地爱上她。一种叫吊脚楼的楼,诉说着阿哥阿妹的忧愁;一种叫荤谷相配的油茶,飘溢着苗乡儿女的汗香;一种叫木叶的叶子,演奏出优美动人的故事。城步苗乡,纯朴的地方;只要你珍惜她,你会被她的柔情留下;只要你装扮她,你就会发现她美丽如花。"

(原载于2014年12月20日《南方日报》副刊和《苗岭文艺》杂志)

南山的蓝

是一篇叫《老山界》的文章,是一首叫《南边有片大草原》的歌曲,是一段叫今世与前缘的邂逅,是一条叫湛蓝天路的生命通道,是一个叫信息网络的大数据时代,让湖南省城步苗族自治县南山大草原进入了首批国家公园的名册,在熔金的岁月里,进一步演绎人与自然和谐的乐章。

那一钩弯月

置身湖南省城步苗族自治县的南山大草原,注定会与这里的某个小山包中的风物和过往结缘。

抵达草原已是夜晚,晴朗天空中的那一钩弯月,让曾在军旅的我突发奇想:如果此刻的我站在高山红哨上,望着这样的一钩美净如水的弯月和远处隐约起伏的小山包,我又会追思和回忆什么呢?

高山红哨,当年广州军区的一个防空哨所,坐落在南山大草原西山顶上,海拔 1880 米。

正好乡友开着房车与朋友露宿于此,听说我们已抵达,专门接我们来了。车至宿营地,那一钩弯月已升至半空,把连绵不断的小山包映照得棱角分明,也似乎在告诉我,这里有着别样的故事,让我置身其中仿佛看到以下场景——

清乾隆十年(1745 年),为保一方平安,湖南宝庆二府专门派人来到这里修建炮台。南山草原的四季变化大,夏季白天炎热、早晚清凉;秋季早晚温差大;冬天风大、雨雪多。最好的作业时间是夏季。建设者便把作业时间放在夏季的早晚。明月当空,映照出了建设者汗流如注的脸庞,映照出了建设者搬石头艰难爬行在羊肠小路上的姿态,也映照出了建设者那种无私奉献、一心为国的家国情怀。

1934 年的秋冬时节,南山草原增添了<u>丝丝寒意</u>。选择南山制高点——高山红哨所在地为驻扎防御点的中国工农红军,在前有阻兵、后有追兵、兵员疲惫的特殊情况下,为设置多道防御工事,只好把挖战壕、筑工事等工作放在夜间进行。因此,冷风中那一钩悬挂天空的弯月,成了红军指战员夜间工作的照明之灯,成了红军指战员暖在心头的希望之灯,成了红军指战员向往未来"星星之火,可以燎原"的方向之灯。

1963 年 6 月,南山哨所升格为部队建制,成为广州军区辖区内海拔最高的哨所。哨所配建了营房、碉堡、地道、战壕、篮球场等设施。多个不眠的夜晚,那一钩弯月,成了哨所官兵巡逻观察的伙伴;那一钩弯月,成了哨所官兵晚上娱乐生活中的参与者;那一钩弯月,成了哨所官兵家书里写得最多的美词;那一钩弯月,成了哨所官兵想念家乡、想念亲人、想念恋人的精神高地。

宿营地里的那一张张帐篷,帐篷里的那一对对恋人,兵器广场上传来的那一首首情歌,已经告诉来访的人们,哨所的编制已撤,哨所周边已成为游人宿营观日出的最佳之地。

写有"高山红哨"四个红字的那块石碑还在,那栋用麻花石砌筑的营房还在,悬挂在哨所上空的那一钩弯月还在,隐约在茫茫草原上那连绵起伏、绿意葱葱的山包还在。

"今人不见古时月,今月曾经照古人。"置身高山红哨,我不禁发问:有多少置身草原的赏月人懂得这钩弯月的过往?有多少对恋人在这钩弯月见证下走进结婚的殿堂?有多少人在这钩弯月下心灵得到净化?有多少人在这钩弯月里读懂了人生?……

高山红哨上的那钩弯月,让人膜拜,让人痴迷,让人遐想。

那一缕紫阳

翠岗连绵,草山起伏,前世的柔情,今生的约定,让我一大早登上在湖南省城步苗族自治县南山大草原的紫阳峰等您。

您有意考验我的定力,看我是不是在云雾缭绕的山包上追寻您,看我是不是有耐心心平气和地等着您,看我是不是会唱苗家山歌,会用苗家的风俗欢迎您的到来……

　　从早上五点半到六点半，一小时的等候，一小时的企盼，我用我的真情感动了您，您也遵守着自己的承诺，出现在连绵起伏的翠岗那头。您的出现，让连绵起伏的山包披上了紫色霞光，让站在紫阳峰上的我，心跳得更快，脸也红了起来。云雾为您让路，连绵的山包上一群群叫"花姑娘"的奶牛向您行注目礼，湛蓝的天空为您打伞，您迈着轻盈的脚步向我走来，让我感受到了您在那年那月的热度……

　　那年那月，您也是这样披着紫色霞光照亮了连绵起伏的山包，用这样轻盈的脚步，欢迎爬上老山界、登上紫阳峰的红军指战员们。您用微笑为红军将士送来了希望，解去了他们的疲劳，他们也把人世间最美的词句"紫阳高照"中的"紫阳"，送给了这座当年无名的翠岗。解放后，为纪念这段命名史，当地政府在这个叫"紫阳峰"的翠岗上建了一座"紫阳亭"。如今，这儿成了留影观景的好去处。

　　那年那月，您也是这样深情地守望，也是这样准时准点地出现在远处山包的顶端，用您的柔美和微笑欢迎来自湖南各地级市的热血知识青年们。您用您的热度为知青们驱除了寂寞，为他们建设美丽的南山大草原鼓劲加油；他们也用原创的歌声、人间最美的诗词，赞美这个叫"紫阳峰"的翠岗，让藏在心中的激情得到释放。如今，这座"紫阳峰"下的"知青石"，成了人们追思过往、留下倩影的标志。

　　今日今时，您在重复往日的歌谣中，用激情和热度促成了一段段美好的姻缘。蓝天、白云、草地、风车，成双成对的青年男女登上紫阳峰，把您最美的时刻摄入他们的婚纱照里，写进了他们温馨家庭最好的浪漫情怀里。恋人们把婚纱照的拍摄地选在您出现的地方，其实就是祈祷他们的婚姻生活在紫阳高照下长长久久。而许多从国内外赶来的游客，他们在一览南山大草原连绵起伏的小山包的同时，把登紫阳峰当成必修课，目的就是沾沾"紫阳"带来的福气，同时也为家人和朋友祝福。

您的升高把我的思绪拉回，您的激情和热度把我与南山湛蓝的天空、青青的草地融为一体。此刻，站在紫阳峰上的我在追寻、在思考，脑海里浮现出四个字——人间天堂！

对，人间天堂，人们一生追求的圣地，我感悟到了，我体会到了……

那一湖圣水

这是天的镜子，这是南山大草原的眼睛，它滋润着这一方草土，养育着这一方的人们。

站在1800多米高的湖南省城步苗族自治县南山大草原的茅坪湖畔，欣赏的虽然是当今的风花，但追寻的是过往的雪月。

湖水碧蓝，风景奇特，满坡悠哉的牛群倒映在湖中，一幅生动的山水图画映入了眼眶。

一对对恋人在岸边摆着造型，从不同角度把幸福时光锁进了镜头里,把双方的柔情融合到这一湖的波光里。

而我的思绪回到了那2828名垦荒队员和知识青年的身上,仿佛他们六上南山建设共青城的生活场景就在眼前——

走进那座经大自然洗刷的风雨桥,我与那年月走过山重水复、看惯秋月春风的他们邂逅。他们借着湛蓝的湖水,打捞着曾经留存在这里的苦乐年华,拾捡着遗落在这里的生活片段,唱着当年激昂高亢的歌声走来了:

  青年们你可听见
  南山的大地在向我们召唤
  沉睡的荒山已经苏醒
  荒芜的土地要把身翻
  我们年轻勇敢的垦荒队员
  把建设祖国的重担担在双肩
  用我们的两只手
  把荒山变成了宝山
  把荒地建成乐园
  把南山荒芜的土地
  建成美丽的共青城
  ……

迈步在湖边的小路上,不经意间邂逅了那年月的一对刚刚相恋的知青，虽然他们有点羞羞答答、扭扭捏捏，但他们手牵着手很纯真、自然地享受着艰苦岁月里留存在这里的爱情，所以他们唱着那年月最流行的歌走来了：

　　林中的小路有多长
　　只有我们漫步度量
　　月儿好似一面明镜
　　映出了我们羞红的脸庞
　　在这样美好的夜晚里
　　你的心儿心儿可和我一样
　　愿这林中的小路
　　默默伸向远方
　　我们的爱情有多深
　　只有这小路才知道
　　星星悄悄眨着眼睛
　　把我们秘密张望
　　……

爬上湖对岸的草坡，与一段大自然抖落的风物邂逅，那108件石为盆、树为景的天然盆景，令一对满脸沧桑的夫妇如同穿越了时光的隧道，与留在这里的青春过往再次交集，让他们兴奋地唱着那年月最欢快的歌离去：

为什么碧绿的小草长荣不枯
那是开拓者的汗水浇灌
南山南山我爱你
我爱你牛奶流淌如山泉
我爱你羊毛如云白绵绵
我爱你光荣的昨天
我爱你灿烂的明天
我愿化作一把土
与这里的山岭紧相连
永远装扮祖国的春天
……

哼着欢快的曲调，唱着熟悉的歌谣，陶醉在这天顶的湖上，我似乎明白，与茅坪湖的两次结缘，每一次的回来，都是一种归去的感觉；而每一次的归去，却又有一种回来的味道。

茅坪湖，一个南方离天最近的湖，一个让人梦着而来，清醒地回去的湖；一个让人乘风而来，又满载而归的湖；一个让人千回百转，又柔情似水的湖；一个让人穿越时空，又回归自然的湖；你有多少遗失过往让人留存，又有多少山重水复让人记起……

茅坪湖，无论你我有多少来来往往，无论你我有多少转身错过，无论你我有多少次刹那相逢，都请相信，我和那些唱着欢快歌声归去的人们一样，还会再度回来与你相聚。到那时候，你这个被远古的歌谣冲洗，又让过客用新歌滋养的湖，纵然沧桑老去，你的风骨柔情肯定会依旧如初……

（原载于2017年《水兵记者》杂志第2期，2016年10月27日、2016年12月18日、2017年03月23日《南方日报》分别以"高山红哨上的追思""相约紫阳峰""茅坪湖畔的邂逅"为题刊发）

赏析：

一篇陆定一的长征故事《老山界》和一首曾勇演唱的高亢婉转的《南边有片大草原》，把读者指引到美丽如画的湖南省城步苗族自治县南山大草原。紫阳峰有紫色霞光，也有革命历史的足迹。高山红哨的明月，紧连着战争时期官兵的壮丽情怀。美丽的茅坪湖畔，书写着幸福与和谐。作者的文章构思清晰，把风景描写融进历史的长河，生动活泼。引用的歌词也恰到好处。有瞻仰、怀念之路的情愫，也有赞美祖国大好河山的颂歌。

——江山文学网维纳斯脚下的小丑老师

寻梦大寨

喝下进寨门的那杯拦门酒时,我仿佛打开了湖南省城步苗族自治县长安营镇大寨村那封存千年的长卷,感到背上的行囊被这里纯情的山歌、质朴的笑脸、洁净的山水、独特的风俗充盈,心好像蹚过了时间的河流,寻找到了梦寐以求的心灵原乡……

那门

门,有家门,有城门,有国门。

置身湖南省城步苗族自治县长安营镇大寨村,我才知道大寨侗乡,这里自古就有家国情怀。这里的门是一户一特色,一寨一城堡。

走进一栋建于山坳里的吊脚楼,听了屋主、老村长阳忠政的介绍,我才发现大寨的寨门与屋门别有洞天——

大寨村位于一个山冲,冲中有一条叫长安的小溪。苗、侗乡人们建房屋都依山而建、傍水而居。所以，小溪两岸的山坡洼地就成为侗民建房居住的地方。

大寨村的地理位置显赫，它是通广西、贵州的要道，易守难攻，是过去土匪、兵家必争之地。

大寨村的侗民十分精明，那年月为防土匪、兵家的骚扰，寨主从防范、攻击外来势力的角度出发，统一规划好小溪两岸坡坳的房屋建设，形成两岸以寨门为基点共同防守攻击的格局。

家家户户都有青石板路直通槽门，槽门外的围墙都是近一米厚的石头垒砌而成，进了槽门才能见到堂屋门、房门。槽门两边墙上设有两个防御点，四周石墙上爬满刺藤，围墙上方设置观察全寨的瞭望哨，屋前屋后还有水井、菜地。这个战时不用走出家门也能攻守的吊脚楼，让我仿佛走进了一座小兵营。

其实，侗民的槽门是礼仪之门。每逢嫁女娶亲、祝寿等大喜事，为体现主人家的重视和好客，喜事的当天，主人家都会在槽门之外摆设香案迎客，以喝"拦门酒"的仪式迎接远道而来的客人。而客人要拱手作揖，双手接酒喝完，再拱手进门。

而寨门迎送客人的礼仪更为壮观隆重。每逢村里青年当兵、上大学，大年初二村里新婚的闺女、女婿回来拜年等，寨王就会让寨门民们在寨门口摆设香案迎客。彼时，鞭炮声、土炮声、唢呐声让整个寨子弥漫着浓厚的喜庆氛围。

听着阳忠政老村长的介绍，我的耳边仿佛传来了《十送红军》的曲调，眼里仿佛看到了当年大寨人民在寨门口欢迎、欢送红军的场景；仿佛看到寨里的第一位大学生被乡亲们送出寨门的喜悦；仿佛看到女大学生回村当村官时，被寨里乡亲当客人迎接的情景……

今日的大寨，家门与寨门已融为一体，大寨村也已成为湖南省"最美少数民族特色村寨"之一。无论你来自何方，不管你是什么肤色，只要你踏进侗寨的寨门，芦笙伴舞蹈、山歌伴美酒、掌声加热度，让你醉在侗乡，让你醉在大寨，让你醉在美好时光里。

是的，大寨之门，已是连接世界之门。

那楼

楼，有钢筋水泥灌注的楼，有红砖砌筑的楼。而我在湖南省城步苗族自治县长安营镇大寨村所见到的，全部是由圆木柱做屋架修成的全木板吊脚楼。

行走在村里的青石板路上，望着那一栋栋错落有序的吊脚楼，我觉得这个地方是那么熟悉，又是那么陌生。

"此处洋洋可乐安，林泉小居隐非凡。龙起连峰生富贵，向列雄兵保华关。砂水呈祥多瑞气，堂开吉象满罗盘。地理玄光大学问，千古流传在世间。"

如果不是老村长阳忠政老人用侗乡客话向客人朗诵起他自己写的那首《题住宅风水》诗，如果不是他的精心讲解唤醒了我的记忆，让我在千年大寨撩拨着历史的记忆，擦拭着岁月的尘埃，我不会触摸到大寨那"天人合一"吊脚楼的神秘……

苗族与侗族修建山寨是非常有讲究的。建寨要依山傍水，寨后来龙要远，气势要雄伟；寨的周围要有群山环抱，还要有藏龙卧虎的气势。建居住的吊脚楼，屋后必须有大山，屋前要有笔架山，更要有流水，寓意着生活稳定有依靠，财源如流水一样滚滚而来。吊脚楼不建平地、首选坡地，原因是山区平地珍贵，大多用来作为耕种的稻田；而把吊脚楼建在山坡上，让楼的一半悬空在外，既彰显了吊脚楼的美观和气势，又能防潮湿、防盗贼、防外部势力的攻击。

边走边品，我品到了侗寨的吊脚楼与苗寨的吊脚楼的相通和不同之处。

苗寨吊脚楼的立柱数是根据房屋的大小来定的，但无论每扇屋架是三柱五瓜，还是五柱七瓜或九瓜，每根柱子都要立在主要宅基地上，而且楼房只有2层；而侗寨吊脚楼的每扇屋架只有两三根柱子立在主要的宅基地上，另外一两根柱子则落在下坎的坡地上，楼房一般为3层。上层储藏粮食、家具，通风干爽；中层住人，冬暖夏凉；下层储存农具杂物，也可喂养家畜。

走进千年侗寨的每一栋吊脚楼，就如同走进了一座建筑木雕艺术馆。那廊柱横枋雕刻的龙头、象头等，让人感受到了它们的活灵活现；那正面堂屋门窗棂上的"蝙蝠围四方""鹿含灵芝""彭祖拄杖""喜鹊衔梅"等镂空雕刻的组合图案，让人感受到了侗民家庭对"福禄寿喜"和谐生活的向往；那刻着的"孟母教子""观音送子""令公出征"等图案，让人体味到侗民家庭对"儿孙满堂""人才辈出"等家族兴旺的渴望。这些惟妙惟肖的木雕，还让我品味到了苗侗木匠的文化底蕴和工匠精神。

千年的大寨,千年的沉淀,这片土地如今已是一块浸染了春花秋月的老玉。她让来来往往赏识的人,心灵深处装上了一把净土。而我就从这独特的吊脚楼中,读到了侗寨先民那适应气候变化的智慧、适应地理条件的智慧、适应生计需要的智慧、适应安全要求的智慧、适应和谐环境的智慧。

是的,正是这种生态智慧的传承,才让今日大寨的千年吊脚楼,通过电视走进了全国亿万家庭,吸引着国内外不同肤色的人前来,目睹大寨别样的风情……

那树

树,种类很多。但在侗民眼里,树就是神,在他们心中只有大小区别。

这棵耸立在湖南省城步苗族自治县长安营镇大寨村水口山西岸坡上的中国杉树王,是东晋时人工种植的,胸径2.45米,胸围7.7米,冠幅28米,树高30米以上。在侗民眼中,它如同神一样,守护着这一方侗寨的千年平安。

这棵被火烧不死、被雷电击不倒的树王,虽然树心已腐朽,人们能从其底端的树洞里,一眼看到天,但它还是以旺盛的精力、最美的姿态,迎接从四面八方来看它的客人,让他们带着浓厚的兴趣,目睹它一树繁华。

这棵树有 38 个弟弟，与它一样都有 1600 多岁了。它们的父母是曾居住在这里的东晋先民们。是他们对树的敬重、对居住环境的苛刻，让它们得以千百年地生长在大寨村西岸的河堤和山坡上。经历千年风雨洗刷，它们已经成为参天古树，成为守护侗寨的一道屏障，也成为侗寨的一道亮丽风景线。

苗族和侗族是遁世避乱、多次迁徙的民族，十分重视寨子水口山的风水布局。尽管他们种树的目的很单纯，只想弥补水口山的风水不足，让参天古木为村寨设一道屏障，让村寨不易被外来之敌察觉，但他们把种树、护树、敬树的理念注入了一代代苗侗民的脑海；尽管他们修桥的目的很简单，只想让苗侗民进出村寨做农活更便利，让外部人员来访时有一个检查的关口，但他们把规范、有序、管理的烙印打进了苗侗民的心坎；尽管他们建鼓楼和阁宇的思想有点保守，只为了居高临下洞察村寨外的敌情，只为了展示寨主的权威和寨子的富有，但他们把爱家、保家、卫国的行为升华到了家国情怀。

踏上古时进寨的那座叫回龙桥的风雨桥，由于风雨冲刷和行人踩踏，地面的桥板石已经有了不少沧桑痕迹。但桥头的石碑记载，这桥建于清乾隆十五年（1750 年）。这一记载让我对大寨的环境变迁有了新的认识。大寨的水口山变迁是从种树开始的，后来富有了，才有了风雨桥、鼓楼和楼阁。这让我不得不去遐想，也许一千多年前，大寨是一个不毛之地，是先民们为了生存，一棵棵地培育，一代代地传承，才把当初的小树苗养护成如今的参天古木，才使得大寨的东晋古杉群这张名片打出了省，推上了全国，走向了世界。

今日的大寨，爱树理念也发生了变化。西岸河堤上的那群古杉、古枫林，都佩戴上了它们应有的身份证。这不正是告诉人们，这里的每棵树都是村里的一员，请大家给予尊重和爱护吗？那村口的宣传橱窗上开设的古树保护知识栏，不正是告诉人们，这里的村民已经把爱护古树纳入了科学管理范畴吗？

而我只想穿越时空的隧道，回到一千多年前的东晋时代，去告诉写《桃花源记》和《归田园居》的陶渊明，如果您要写《新桃花源记》和《新归田园居》的话，请来到侗乡大寨；我还要穿越至盛唐时期，告诉那位叫孟浩然的诗人，您的《过故人庄》中那句"绿树村边合，青山郭外斜"田园美景诗句，我在侗乡大寨帮您找到了。

穿越千年，不同时代的文人，相信都能写出自己的柔肠……

无论结果如何，我们的期待总是美好的。

（原载于2016年11月15日江山文学网，被评为绝品；2016年11月03日、2017年01月19日、2017年02月16日《南方日报》分别以"寨门的洞天""吊脚楼的玄机""水口树"为题刊发）

赏析：

长安营镇大寨村位于高寒盆地，处在省级旅游风景名胜区南山脚下。2013年它被省政府列为湖南省第四批历史文化名村，同时荣获"湖南省特色旅游名村"称号。作者从"那门""那楼""那树"三方面的特点来写大寨村的历史文化、现在的景致以及人们生活的变化，从中体现出国家有关部门，县委、县政府的高度重视。各部门积极配合扶持，全体村民共同努力，使大寨村有了翻天覆地的喜人景象。文章表达了作者对桐乡大寨村的热爱之情和美好的展望。

——江山文学网秋天的风老师

辑四 家乡风物

那盏印有英文字母的红军马灯

这是一盏特殊的马灯，收藏在湖南省城步苗族自治县丹口镇下团村新铺里的农耕文化家庭博物馆里；这盏马灯已被保存82年之久，是这个简陋博物馆里的镇馆之宝。

虽因岁月的洗刷而显得有些陈旧，但来到这里的人们都会被第三代传承人杨光清所讲起的它的来历和过往故事所吸引。而我就从这盏马灯中，读出了它的厚重，读出了它的柔情……

这盏马灯，记载着一段历史。玻璃罩上凸印着"老人头"商标图案，"老人头"下方有三个繁体字"美最时"，油灯底座镌刻"大茂行"汉字，"大茂行"的上方刻有"DAHMOW"英文字母，注油口旁边还有"MADE IN CHINA"（中国制造）的大写英文。这盏马灯生产于一百多年前德国人在我国山东青岛办的一家中外合资工厂。

这盏马灯，映下了一段红军战略转移史。1934年9月10日晚，受中央派遣来到现湖南省城步苗族自治县丹口镇下团村的中国工农红军第六军团，面对国民党的李觉保安团队和第五十五旅一〇九团及桂军的前后夹击，这盏马灯成了红六军团首长看地图、析敌势、找对策的希望之灯。这盏希望之灯，让红六军团及时作出了留下一个营阻击，其他主力部队向城步西部安全转移的重大部署。

这盏马灯，讲述着一段军民鱼水史。1934 年 9 月 12 日晚，打退国民党保安团多次进攻的红六军团第二十三团三营营长周仁杰，带着伤病员在古驿站休整疗伤时，这盏马灯成为杨光清的奶奶、妈妈用盐水帮红军指战员清洗伤口，连夜为需急救的红军战士制作红伤药、跌打药、消炎止痛药等中草药的照明之灯、生命之灯。

这盏马灯，记下了一段红军纪律严明史。1934 年 9 月 14 日，周仁杰营长决定向主力部队方向转移。临行时，周仁杰营长取出这盏马灯对杨光清的奶奶和妈妈说："你们热心救治了红军伤病员，为我们做了一件大好事，本当重金感谢，由于我们现在很穷，也掌不出银两来酬谢，这盏马灯是部队配备给我们用的，就送给你们了，一是作为酬谢，二是作为纪念，等革命成功，红军会记得的。"

这盏马灯，写下了一个家庭的传承史。杨光清退休后，回到农村，利用新铺里老屋二楼空间，用古驿站遗留下的老物件、他走村串寨收集的 520 多件社会主义建设时期的文物，以及这盏马灯，办成了一个免费供游人参观的农耕文化家庭博物馆。他还与退休的兄长一同，捐赠图书 3 万多册，在村里办起了免费供村民阅读的"自强图书馆"。为传承苗乡民俗，他与爱人发挥各自特长，办成了湖南省非物质文化遗产——油茶和木叶吹歌文化的传承人培训基地。同时,他每年清明节还带着家人去打扫、祭拜红军长征烈士墓。

经历82年的风风雨雨,这盏马灯尘封的故事依旧,这份军爱民、民拥军的鱼水情依旧,这种传承的精神依旧。这也让我想起了那首歌《记住你》:

靠近你的
你的胸膛
捧起一轮
一轮月亮
从此无论
无论在何方
都有温暖
温暖的力量
握住你的
你的双手
心里有颗
有颗太阳
从此再多
再多的苦难
总能看见
看见希望

我会记住你

记住你

记住你走过的路

那充满荆棘坎坷的地方

如今平坦洒满阳光

……

（原载于2016年09月29日《南方日报》，被江山文学网评为精品）

赏析：

开篇点题，突出此盏马灯具有的重大价值和意义，是历史的见证。全文采用排比句的手法，以时间的顺序来展示这盏马灯的辉煌足迹，让人深刻感受到历史的厚重：记载着一段历史、映下一段红军战略转移史、讲述一段军民鱼水史、记下了一段红军纪律严明史、写下了一个家庭的传承史。经历82年的风风雨雨，这份军爱民、民拥军的鱼水情依旧，这种传承的精神依旧。文章以《记住你》的诗歌结尾，诠释了作者的心境，彰显这盏马灯曾经辉煌的风雨历程，具有重要的历史意义！全文语言凝练深情，情感真挚，文笔流畅，触动人心，勾勒出一幅幅历史辉煌的画卷，蕴含丰富的思想内涵，传递积极正能量。佳作力荐共赏，感恩赐稿。

——江山文学网叶华君老师

走过红军桥

从千里之外归来,只是为看看您的美;向千米高山攀登,只是为量量您的高度;从您百米长的身上走过,只是为感受您的温度。

在湖南省城步苗族自治县高山深处的村村寨寨,我走过了多座红军曾走过的风雨桥。每走过一座桥,一颗心总被触动;每叩拜一座红军长征纪念碑,我的灵魂与信仰就被升华……

这是南山大草原深处的一座风雨桥,它坐落在"天的镜子、草原的眼睛"茅坪湖上,是中国工农红军第一方面军走过的第一座高山风雨桥。这座全木结构的桥,印记着著名作家陆定一在《老山界》里写的当年红一方面军翻越老山界的艰辛,记载着当年红军在这里休整、疗伤的美好时光,也记录着红军当年在这里训练、生活的激情岁月。于是,它被当年的红军誉为养精蓄锐、挡风避雨之桥。

这是位于苗乡城步长安营岩寨村的一座风雨桥。岩寨村是中央主力红军第一、三、五、九军团宿营所在村之一。当年一位名叫谢军的红军战士患病昏倒在这桥上,是当地一名中药郎中游庆美将其背回家救治。后谢军因病情过重救治无效牺牲,游郎中按他的遗愿将其安葬在村口军阳庙以西的枫林脚下,让其英灵能听到红军队伍过风雨桥的脚步声。为此,这座风雨桥被誉为拥军之桥、听红之桥。

这是地处苗乡城步丹口镇下团东部的一座风雨桥,当年既叫莲花桥,又名天心桥。当年,为了掩护中央红六军团西进,五十一团第三营营长周仁杰接受防御任务。这莲花桥上的阻击战从周仁杰接手的傍晚持续至次日的拂晓,直至主力部队翻越了围洲界,他们才撤离了阵地。战斗中多名红军战士壮烈牺牲,掩埋在桥头北的山脚。当地老百姓称这桥为威武之桥、霸气之桥。

这是地处苗乡城步白云湖上用钢丝、木板铺就的一座风雨桥。这座桥虽中间没有遮风避雨的建筑,但两头建有风雨亭,人们称之为纪念桥。它纪念了中国工农红军当年在这里为掩护群众转移,誓死坚守木桥,让县城老百姓安全转移的历史。新中国成立后,这里已成为高山湖。当地政府为让人们记住这段历史,又便于旅游观景,便建了此特色桥。当地老百姓称这桥为纪念之桥、致富之桥。

这是地处苗乡城步汀坪乡一个小村里的一座风雨桥,人称"报恩桥"。这桥虽新,但记下了这里的村民致富不忘报恩的新鱼水情。当年中国工农红军第一方面军仅在这里休整了三个月,却利用训练之余为村里建了一座风雨桥,方便了村民过河出村。桥虽后来在战斗中被烧毁,但红军建桥的恩情铭刻在一代代村民心里。几十年过去,富裕起来的村民终于完成祖辈的心愿,在当年红军建桥的地方建成了一座全新的风雨桥。当地老百姓称这桥为报恩之桥、传统之桥。

……

岁月流逝，那年的场景远去，只留下这一座座历经沧桑的风雨桥。

归来的我，带着敬重、带着缅怀、带着企盼，与您一同穿越岁月、经历跌宕、展望未来。其实，我只愿可贵的精神继续传承，希望红军走过所留存的点滴历史得到进一步挖掘。

站在红军桥上，我心中还藏着一个梦——

那就是强国梦、强军梦，还有那抹不去的、永远不老的发展梦！

（原载于2016年09月22日《南方日报》，2018年08月10日被中国作家网转载）

赏析：

中国工农红军，为了抗日，为了创造一个和谐美好的社会，在艰难困苦的情况下，攀山越岭，一路西行。每一座桥头都有他们可歌可泣的故事，那是许许多多年轻的红军战士们用生命和鲜血染写就的。这些风雨桥，验证了红军和老百姓心连心，是经得住风雨检验的幸福桥。让我们永远记住红军的光荣传统，让红军精神世代传承。

——江山文学网你猜老师

一门两省湖广情

一个个别样的地名故事，吸引着我从千里之外归来；一件件流传的真人真事，催促着我不得不深入去询问；一代代演绎的情爱故事，让我听后不得不动容……

这个地方是湖南省城步苗族自治县汀坪乡内里村，它与广西壮族自治区龙胜各族自治县的多村相连。某人所在的村有5个村民小组，90%以上是当地土著苗族；这里有4条河水，全部流入广西境内，是珠江的源头。这村小地名很多，一、二组有上东毛坪、下东毛坪、溪子、泡猪冲、牛角石、银子坳、老屋场、上湾等；三、四组有界板冲、内里、高山、水头、大坡、崩坡、茶冲、雷鼠冲等；五组有沙子界、观音山、紫檀冲。

这个小苗寨延续着民拥军的故事。1934年12月，为躲避国民党的围追堵截，中央红军只好钻深山、走密林、穿深沟、行小路，从广西资源县的车田，进入湖南城步县的十万古田。然后，为行动方便，便于隐蔽行动，分成三路分别从内里村的上沙子界至坡子寨翻过骑岭下茶园，从界板冲走羊肠小道上沙子界再爬上骑岭下茶园，从界板冲李家山沿溪水而上石林头至茶园铺里。如今，这个叫茶园铺里的地方，留存有三座红军墓，这里的村民也传承了守墓、护墓、扫墓的真情故事。第一座坐落在界板冲李家山村民李自来老屋背后的茶山里，李家三代人年年为这位红军战士挂青扫墓不断；第二座也坐落在李家山，每年也由李家挂青扫坟；第三座在下东毛坪，当地村民也每年坚持为红军战士扫墓挂青。81年过去，这里的村民为红军扫墓之举经媒体报道后，得到了人们的称赞。

这个小苗寨是湖广通婚的一个窗口。这是个小地名叫溪子的寨子，只有四户人家。这里曾流传着一位杨姓财主嫁女之事。说杨财主雇了一个广西小伙儿来家当长工，小伙儿家虽穷，但人长得帅，而且聪明能吃得苦，还能为财主家增产增收出主意，深得杨财主的喜欢。杨财主有个女儿，她虽然吃穿不愁，但不能像城里财主家的小姐那样养尊处优，长工们在离家远的地方干农活，她还得帮助送茶、送水、送饭。一来二往，小姐看中了广西小伙儿。谈婚论嫁的年龄一到，很多有钱有势的人家来提亲，都被小姐一句自己还小，怕端不起人家的饭碗而婉拒。杨财主夫妇只好把女儿叫来问话。女儿想了想，提出了一个要求，就是要离家很近，好今后照应年老的父母。父亲一听明了，这几户人家的小寨子，哪来的小伙子和她合配，除非看中广西来的小伙子。得到女儿的肯定后，喜欢广西小伙的杨财主夫妇久悬着的心放下了。从这以后，湖南嫁广西、广西嫁湖南，成了这个小寨里通婚的习俗。其实在这里，湖南嫁广西、广西嫁湖南，也就是上屋嫁下屋、左屋嫁右屋。

这个小苗寨是民族团结、省界友好的一个缩影。新中国成立以来，虽经历了人民公社、村组等阶段，但这个小山寨是另外一片洞天，一直"自我管理"。1997年颁发第一代居民身份证，进行人口登记时，才发现这个小苗寨的特别。那年10月，湖南城步县汀坪乡、广西龙胜县马堤乡各派2名人口普查员来到伍姓兄弟的家，得知这两兄弟虽分成了两家，但仍共住堂屋。湖南的普查员便问其兄长，是登记湖南户口还是登记广西户口。兄长回答说，无所谓，反正是种田吃饭，随便登记在哪个省、哪个区，没有多大关系。于是，湖南的普查员就把他家登记为湖南城步县汀坪乡人口。广西普查员问弟弟是愿意登记广西户口还是湖南户口，弟弟回答说，湖南也好，广西也好，但是听说广西对大学生的分配要好一点，现在我的两个小孩正在读书，今后毕业出来希望找个好工作，我就登记在广西吧。于是乎，这个小苗寨便出现了"一门住两省"的奇特现象。

岁月流逝，这里的一切如故：这个小苗寨里的拥军情怀代代相承，守墓、护墓、扫墓的故事延续；这个小苗寨里上屋嫁下屋、左屋嫁右屋的爱情故事还在传承；这个小苗寨里"一门两省"的房屋还在，那湖广兄弟深厚的情谊还在一代代传承。

那晚，我真的醉在了家乡那一钩柔柔的弯月里。脑海里如同过电影似的，浮现出一个个这里的动人故事，还浮现出湖广交界另一个叫侯家寨的地方，那只有7栋吊脚楼的小苗寨，哪一家有红白喜事，整寨老中少齐出动的和谐场景。让我在醉意中情不自禁地哼唱起了好妹妹乐队的歌《归乡》：

运河的舟楫南来北往
千折百回过长江
北固楼遥望西津渡的过往
看不尽满眼风光
焦山烟雨洒落幽幽江南
明月何时照我还
风涛千万里金山水连天
却似江心一朵莲
南来的风东去的水
浮云伴着游子归
西窗的雨归来的你
醉在故乡斜月里

（原载于 2017 年 01 月 05 日《南方日报》）

赏析：
在湖南的城步，有很精彩的故事，有很多充满感情的传奇。引导着千里之外的"我"，来探寻究竟。那么，到底是什么样的故事呢？让我们跟着笔者一起来领略一番吧。苗寨城步，有着民拥军的故事。翻开那段历史，可以得知红军在艰苦斗争的年代，经历了千辛万苦，钻深山、走密林、穿深沟、行小路，从广西资源县的车田，进入湖南城步县的十万古田。于是这儿留下了很多红军墓，成为军民相连的感情基石。中间穿插了一个财主女儿不贪图富贵，喜欢能干的广西小伙子的故事，引出这里离广西很近，近到一家兄弟二人可以分别注册不同省份的户籍，成为奇观。爱情和亲情，都让城步这个地方充满了神奇的色彩。让读者禁不住也想去一探究竟。行云流水般的语言，充满魅力。

——江山文学网申文贵老师

舌尖上的乡愁

每个人心中都有离不开的情,有些情虽小,但能让你一辈子难忘。就拿我家乡湖南省城步苗族自治县那山寨里的腊肉来说吧,那真不是一般的情感语言就能说得清楚的。只有亲身经历、体会其制作全过程的人,才能感受到这腊肉情的纯真,这乡愁情的浓厚。

每年农历腊八日一过,湖南城步苗族自治县山山寨寨就会陆续听到猪的号叫声,那是苗家人杀年猪,准备熏腊肉过年了。

这几天,回家乡探亲的小妹,知道我对家乡腊肉情有独钟,专门给我捎回两挂腊肉。我一见那来自苗乡的腊肉,心中那份别样的情怀油然而生。离开家乡那么多年了,家乡的腊肉依然是我解不开的情结。

我的家乡是苗乡,熏制的腊肉从选材到腌制再到用柴火熏都有一套严格程序。

苗乡人熏制腊肉对原材料是很挑剔的,大多用自家喂养了一年的年猪为原材料。可是，家养一头年猪真的不易，特别是在城步苗族自治县这个高寒地区，喂养年猪更不容易。

每年春节过后，为确保下年春节有土猪作为年猪过年，寨子里的苗民便会利用赶集买两头，或到喂养母猪的亲戚家捉两头猪崽，然后用山上、溪边、田间、菜地长出来的中草药、嫩野菜，再加上原生态、有机的蔬菜瓜果作为猪食原料。煮猪食的方式如同我们平常做饭一样，先把选好的猪草剁好，然后放入大铁鼎罐用柴火进行蒸煮。煮沸后再放米或者糠，等猪食沸腾成粥状才打入猪食盆，凉好再端到猪栏给猪吃。日复一日，周而复始，一年左右时间，年猪才能喂养大。这种程序喂养出来的年猪肉质疏松鲜美，才能作为腊肉的原材料。

苗乡熏腊肉的工序是复杂的。年猪杀好后，杀猪师傅会按照户主要求的重量，将新鲜年猪肉切成2至4斤左右的条块，并在猪肉上涂上一层盐（粗沙盐或细盐），然后装进一个木桶，一块一块铺好，并严严实实塞紧，再盖上盖。5至7天后，盐渗透进每块猪肉，再将每块肉拿出来挂在通风处，等水滴干和肉缩紧后，才一串串、一排排地挂在火塘上方。这样，在冬天里，随着每天烧火做饭、做猪食及烤火取暖，柴烟慢慢熏制肉串。

苗乡熏腊肉的木柴是有严格要求的。记得小时候，父亲为把树香味熏进腊肉里，会提前在大山深处砍好耐烧的木柴，等晒干后在杀年猪前背回来。苗乡熏腊肉是慢功夫，要利用一日三餐烧柴火的烟，一点一点地熏，大约要花2个月的时间才能将树香味完全融入腊肉中，将腊肉熏透。随着家境好转，我们旺溪苗寨开始流行一种"腊肉桶"，专门放在火塘上，比原始的熏法更有效。因木桶是用当年的圆木请桶匠打的，木桶的圆木味加上浓郁的柴火味，让熏的腊肉树香味更浓，还更好保存。

苗乡制作熏腊肉菜也是有套路的。每次做饭，先要把熏好的腊肉用柴火烙烫掉肉皮上的毛，然后把烧焦的腊肉皮毛刮掉，用开水烫洗，洗得腊肉金黄透亮时，再放入锅用开水煮一下，这才打捞起来切片。放入锅中爆炒时，那种苗家腊肉特有的醇香立即扑面而来，再放上辣椒粉和葱一炒，那种味道便是游子走遍天涯海角也忘不了的舌尖上的乡愁啊！

苗乡熏腊肉是讲情谊的。苗族山寨大多是在大山深处，离县城、乡镇几十公里，出门购物相当不方便，何况在那缺衣少食的年代。苗乡的祖辈们在物资贫乏年代摸索出这一套熏腊肉的做法，其目的就是，在逢年过节祭拜神灵和祖宗时，祭拜台上有自己亲手做的供品；在远方客人到来时，待客的餐桌上有这道独特的佳肴；春节走亲探友时，带去的竹篮里有这一份特殊的礼物。缺衣少食的年代，父亲带上腊肉让我们兄弟一同去舅舅家拜年，他那自得的笑容和神态我至今还记得。

如今，苗乡熏腊肉的独特做法还在传承。春节那祭拜祖宗的神台上还是熏腊肉，那接上门龙灯和接回门新郎官的礼场上摆的也是熏腊肉，那去给长辈家拜年的礼篮里的主礼物还是熏腊肉。变的是礼篮里多了水果、罐头，多了一份给长辈的拜年红包。

春节的苗乡山寨,处处都是腊肉香味,人人都是好客人。无论您来自何方,只要您踏进了苗乡的寨门,好客的苗民都会把您当贵客招待,熏腊肉肯定是桌上的头道美味佳肴。

哦,我又闻到苗乡熏腊肉的香味了,那里有我的亲人,还有乡亲……

(原载于 2019 年 02 月 06 日《羊城晚报》)

苗乡城步竹筒酒

楠竹里面能种出酒来,我刚开始也不相信。

因我的家乡是"楠竹之乡",我对楠竹很有感情,对它的生长规律也非常了解。然而,我真正认识湖南省城步苗族自治县的竹筒酒,是那一年回家乡探望父母才开始的。

那一天刚到县城,县作家协会主席阳盛德就给我打来电话,说回来了就与文友们交流一下吧,县作家协会正在开年度创作交流座谈会。

交流会现场,文友们畅谈正酣。阳盛德主席在总结大家发言时说,创作无处不在,就拿苗乡城步竹筒酒来说,就是一个好的写作题材。

苗乡竹筒酒,这个品牌什么时候创建的?从军前,我只品尝过县城酒厂产的城白酒,没听说有这个竹筒酒呀。

见我疑惑,当年合伙开发这酒的文友戴明泽特地让人送来一节竹筒酒，敲开后倒进纸杯让文友们品尝。浓浓酒香诱人，我在阳主席的鼓励下，也拿起一小杯品尝起来。闻，竹之清香扑鼻；品，酒之浓郁、芬芳、绵柔淌过了心河。确实非常爽口，味道别具一格。

竹酒是独特活竹酿酒工艺造就的，是传统白酒的升级版。戴明泽告诉我，也就是把酿好的基酒（白酒）注入新年长成的鲜活竹腔内，让酒液与活竹液进行有机融合，再次发酵，相互滋润成长。酒随竹吸取天地的灵气，享受日月的熏陶，在清静空旷的大山深处，成就自己清香绵柔的独特魅力，化作走出大山苗乡儿女的乡愁。

文友戴明泽的解说，惹起了我强烈的好奇心。随后，我专门给把这种酒作为苗乡农特产品打造的湖南省城步苗族自治县华强农特有限公司董事长王波发去了微信。

王波在微信中告诉我，这竹筒酒制作过程相当复杂。竹筒酒的白酒（基酒）是用专门配方酿制而成，若度数太高，容易把竹醉晕；若度数太低，酒在竹子的生长过程中容易被稀释，造成收割后的酒味不够浓。竹筒酒也不是所有的竹子都能种出来的，太嫩的竹子容易被醉晕而停止生长，太老的竹子又营养成分不多；向阳面的竹子容易让白酒（基酒）挥发太快，向阴面的竹子又会让基酒融合速度慢。再一个就是一片竹林也种不了太多的白酒（基酒），而且每根竹子最多能种三节竹酒。而苗乡城步竹筒酒的生产过程更有原生态特色——竹子从竹笋刚长出节时，就用注射器直接注入上等的基酒酒浆，让其与竹一同生长，然后经过三年时间的自然酝酿和吸收天然露水精华，才能酝酿出如此让人难以忘怀的酒酿，这才是真正的苗乡城步竹筒酒。

制作程序的复杂，自然酝酿的漫长，使这具有天然竹汁、竹叶多糖、竹叶黄酮、竹叶抗氧化物、硒、锌、铁、钙、镁、多种维生素和氨基酸等活性成分的苗乡城步竹筒酒，难以批量化生产，成了稀缺的独特酒品。王波的华强农特有限公司将其作为农特拳头产品之一来打造，可见苗乡城步竹筒酒的风味特别。

王波还在微信中告诉我，他选择苗乡城步竹筒酒作为农特拳头产品来推销，原因还有一个，那就是城步优越的地理和生态环境。城步苗族自治县位于湖南省西南边陲，越城岭山脉绵亘南境，雪峰山脉耸峙东西，长江与珠江两大水系在这里分界，巫水、资江、渠水、浔江自这里发源，自古就有"苗疆要区""楚南极边"之称。这里还是湖南南山国家公园所在地，生态环境一流。县境内处处是茫茫翠竹摇曳，遍野竹涛阵阵，是湖南有名的百里竹海之乡。这优越的生态环境，能成就苗乡城步竹筒酒的高端品质，也能保证货源不断。

看了王波发来的介绍，我不禁为苗乡城步人民这种利用自身资源打造特色品牌、保护品牌的意识点赞，也为王波、戴明泽等一批具有开拓与创新精神的企业家竖起大拇指。他们不为外面精彩世界所惑，安心留守苗乡，扎实打造和挖掘具有本地特色的产品和产业，这既宣传了苗乡城步，也让藏在深山人未识的独特农产品走出大山、走向全国、走向世界。

这些年，我去过不少国家，也到过国内不少城市，见过不少民族企业家为擦亮国家和家乡品牌而默默探索、奉献，也听过不少民营企业家的艰难创业故事。这些企业家虽然常常面临资金短缺、货物滞销等困难，但他们对品牌的质量要求始终初心不改，他们相信高质量的品牌才是发展之源、发展之本。

这些年，我也去过不少所谓的人造"竹海之乡"，也品味过不少地方的竹筒酒，但总感觉走过千山万水，那味还是没有苗乡城步竹筒酒的浓郁、芬芳、绵柔。后来才得知，我可能品到的是用竹筒作为盛酒的器皿，然后用电钻钻孔，将添加色素和香精的劣质酒注入竹筒内，再用蜡封住小孔的假竹筒酒。因此，我希望做苗乡城步竹筒酒的企业家们守住底线，把好品牌质量关口，把苗乡城步竹筒酒打造成一张亮丽的名片。同时，我也奉劝广大消费者不要贪图便宜，购买苗乡城步竹筒酒时，一要看价格，二要看品牌。

酒香不怕巷子深。苗乡城步竹筒酒，一种活竹里种出来的天然酒，一种在异国他乡还想念的别样味道。我相信，有商务部的对口帮扶与推介，有县委、县政府的大力支持，苗乡城步竹筒酒这一张品牌名片会越擦越亮。

赏析：

酒是大家都熟知、喜欢的，自古诗酒不分家，李白斗酒诗百篇，可见酒一直是深受文人墨客喜欢的。而楠竹里种出酒来，就让人感觉非常神奇了，忍不住跟着作者的笔触走进楠竹种酒的过程中了解一下了。原来这种竹筒酒是在活着的竹子上种出来的，酒的醇香在竹子的滋养下变得更加清香，带着独特的味道，成为苗乡儿女走到哪里也不会忘记的乡愁味道。这种酒的酿造需要掌握度数，需要浓淡适宜。竹子的选择需要大小位置都刚刚好，不能向阳、背阴，不能太嫩、太老。这么严格的要求不禁让人想到了缘分。竹筒和酒的相遇需要刚刚好的缘分，不早不晚，就那么适宜。这款竹筒酒凝聚了苗乡创业者的汗水和智慧，带着苗乡儿女的牵挂，闪亮登场了。让我们期待这个新产品给大家的生活增添新的色彩吧。文笔行云流水，自然流畅，引起读者的向往，想一起去品尝竹筒酒的浓郁芳香。

——江山文学网小鲤鱼的传说老师

苗乡城步"三绝"

连续3年回到家乡——湖南省城步苗族自治县采风,深知这方水土培育了一代代勤劳勇敢的人们,也了解这里历史上脱颖而出的英雄儿女,更敬佩从这里走出的文学大咖。见到过这山山寨寨里姑娘、小伙能歌善舞所展示的魅力,也目睹过那嫁娶婚宴前须发斑白、吧嗒看烟杆的大叔出口成章所表现的才情。

但我绝对没想到,这里还藏着许多需要世人认知的人文秘密,让我不得不延长采风时间,用心灵走近它,认识它。

一绝:"天书"

从远处看,这个小苗寨别无独特之处。1200米的山坡梯田上,依稀建有几座吊脚楼。我们用近一小时来到这里后,才知道这就是"天书"苗文石刻的所在地——湖南省城步苗族自治县丹口镇仙鹅村一个叫陡冲头的地方。

"天书"在哪呢？迫不及待的我，忙问陪同的朋友。他们见我心急，让我到山坡梯田石头上去找。

迈开脚步，我在山坳西面找到了这块面积最大的石头。石头刻字的一面非常平整，有约3.6平方米，所刻的字迹也十分清楚。走近细品，石头上所刻的"天书"似画非画，似篆非篆，难以辨识。

朋友告诉我，像这样有字的石头，在城步县内有很多。自2014年开始由湖南省文物考古研究所发掘，目前已经发掘出古苗文石刻群300余处。

我一听非常高兴，但再看其他几块苗文石刻，我的心仿佛被什么东西刺痛了。它们有的在开阔的田坎上耸立，有的被泥沙和灌木掩埋，有的因遭风雨侵蚀而断裂横卧于草丛中……是那年月人们的无知造就，还是岁月无情留下的沧桑，我无法寻找到答案。

这些打破"苗族只有语言没有文字"之说的石刻群，文字字形与汉字基本相似，文字之间像古版书一样没有标点标注，其中还夹杂一些图案或符号。为什么会这样呢？问号让我把兴奋点调动起来了。

为此，我走访了中国人类学民族学研究会苗学研究专业委员会会员雷学业老师。雷老师告诉我，苗族自古就有自己民族的语言和文字。至今流传的苗族古歌《在中球水乡》和《苗族简史》等文献资料，以及苗族史歌和民间传说等，都说明苗族古代曾有文字。

雷老师举例论证，让我进一步得知：其一，"苗文"最早在城步横岭一带使用，清乾隆年间流传使用，清代末期陆云士在专著《峒溪纤志·志余》留有"苗书二章"佐证。其二，陆云士保留的古苗文二章《铎训》和《歌章》，证明古苗文也是能用来写文著书的，它的文字不是符号，是一种能表达一定完整意思的文字。其三，从陆云士收集古苗文的时间（1722年之前）来分析，古苗文失传不超过300年。

雷老师还专门拿出岳麓书社出版的《城步苗款》，其中保留了可译成汉语的13个古苗文方块字：混、沌、初始、禾稻、气（烦）、锤打、山坡、听唱、松、炼铁工具、泰山、教育、太。这些看似象声字的字，我只有看过解释才明白。

然而，留存在丹口镇仙鹅村陡冲头的那些石刻群上的神秘文字又来自何人之手？怎么后来意义失传了呢？

雷老师认为这与城步历史上多起苗民起义有关联。

作为苗族聚居区，城步本是"化外之地"，明朝以前隶属武冈、武强、武攸等县地管辖。明正统元年至天顺年间（1436—1464年），为反抗压迫，强化自治，领袖蒙能、李天保领导了苗民大起义，充分运用明军看不懂苗文的优势，广泛使用苗文传递军事情报。清乾隆四年（1739年），城步再次爆发了苗瑶大起义，首领粟贤宇、杨清保从起义行动保密的角度出发，将苗文用于所刻制的图章、所印发的文稿以及往来书信、手札。清廷派出重兵对起义军进行镇压后，也对这种"似篆非篆"的文字下了狠手。为防止苗民使用这种文字再次起义举事，他们对城步苗族聚居区挨家逐户展开地毯式搜查，对手抄本和墙面上的苗文进行销毁，并严禁学习和传承使用苗文。就这样，苗文在湘桂黔边区慢慢消失了。

当地退休干部杨光清老人回忆起老一辈讲述这段历史的同时，也证实了丹口镇仙鹅村陡冲头的古苗文石刻群地理位置，就是历次苗民起义的核心地带，距起义军领袖李天保（自称武烈王）设在长安营龙家溪的老营仅一山之隔，距今绥宁黄桑坪苗乡上堡村的上堡苗王古国金銮殿遗址约十几公里。

时至今日，城步县境内一些老木匠在起屋做木架或装木板房时，还是习惯用一些苗族文字在木料上做记号。雷老师让我看这些木匠常用的苗文字，用汉语翻译就是左、右、山、正、前、后、柱、瓜、排、詹。他还告诉我，在二十世纪六七十年代的生产队里，一些上了年纪的苗族老人，还普遍使用一些较为简易的苗文来记工分或记数。

临别时，我一直在思考，这些湮没于岁月风尘，现在又重见天日的苗文石刻，决非无源之水，也非无本之木，它们记录着什么？说明着什么？我相信，在史学家、文字学家的不断解读与考证之下，这些蕴含古苗文化的古苗文，将会破解湘西南地区苗族的历史起源谜团，结束苗族考古无文字的历史。同时，它们将为研究城步这块苗蛮之地的民族生存与发展、文化兴起与衰落提供确切的物证，也将为丰富的中华民族文化增加新的内涵。

二绝：吊龙

龙，是远古苗民的图腾。

苗族舞龙文化是龙图腾的发展与延伸。

在湖南省城步苗族自治县丹口镇下团村，有2条被编入了上海大世界基尼斯之最史册的"世界最长吊龙"，是国家非物质文化遗产和联合国非物质文化遗产。初秋时节，我再次在夜空中见到了活灵活现的吊龙，也目睹了它们飞天的艳丽和娇美。

城步县文化局原副局长杨光清老人，就是丹口镇下团村人。他告诉我，其实在尊龙、敬龙、爱龙的苗乡城步，吊龙只是舞龙文化中的一种。每逢春节和大喜庆的日子，村村寨寨都会组织舞龙灯，舞龙文化是多种文化的结晶。

舞龙文化体现的是村民团结文化。每年春节前一个月，每户村民都会自愿捐款捐物，为村寨扎龙灯义务劳动。上年纪的老人扎龙头、龙尾、花灯，中青年扎龙身。龙扎成功后，大年初一出龙，全寨子的男女老少都会参加出龙仪式。仪式结束后，中青年人会舞着龙，敲锣打鼓走家串户道贺。正月初二至十四，本寨龙去周边寨交流访亲，全寨子的男女老少都会跟着寨子的龙灯前往，体现本寨子的团结和谐。

舞龙文化彰显的是村寨友谊文化。扎龙特别讲究，如果周边的寨子都扎龙灯，各个寨子会根据传统扎不同类型的龙灯。比如东寨扎的是青龙，南寨扎的是火龙，那么西寨和北寨扎的分别是白龙、水龙，而中心寨只能扎黄龙。青龙是高杆龙，黄龙为提把龙（又称板凳龙、滚地龙），白龙、水龙为挂子龙（手提灯笼式），而火龙则是用干草、木皮和竹篙组扎成的火把。几百个火把熊熊燃烧连成百余米长的一线，在舞动中闪耀。各村寨的龙扎好并搞完出龙仪式后，从正月初二到十四，必须舞龙走访周边村寨，既交流扎龙舞龙技艺，又加深了村寨与村寨间的友谊。

舞龙文化展示的是艺术文化。除了火龙，青龙、黄龙、白龙、水龙都需要用彩纸、花布和竹、木扎成，它们所展现的是城步苗乡人民千百年来创造智慧的结晶，集中体现了苗族特有的风俗文化。比如吊龙长38.8米，龙身分12节，寓意一年12个月。每节龙身用竹竿吊起，再用竹片联结。整条吊龙全部纯手工制作，用楠竹和木料扎制骨架，用彩纸贴龙身，龙身内置彩灯。其中龙头的制作最复杂，需专门的手艺传人方能完成。一条吊龙制作需几十人同时进行，完成需耗时1个多月，制作相当精细，是真正的纯苗乡民间手工艺术，是集扎纸、绘画、布艺、剪纸、贴花多种手工艺，及光学、音乐、武术等于一体的综合性艺术。

舞龙文化演示的是体育文化。舞龙看似文雅潇洒，其实是一项十分费力的体育活动。比如下团村有2条吊龙，男女各舞一条，舞龙宝、龙头、龙尾的全部是有高超表演技巧和身材壮实的中青年男女。每晚出龙时要配好大小乐器，每条大龙有2人抬大鼓一个，2人抬大锣一个，2人抬大唢呐一支，还有四支小唢呐、棒锣、小鼓、班锣、碗锣各一个。舞龙头一人，舞龙身12—14人，舞龙尾一人，加上举八个牌灯、八对伴灯、两个小龙头的人,以及组织者、引导者、礼仪师和燃放鞭炮、挑蜡烛、点灯的人,一条龙所需人数共计在80人左右。两条龙则需160人。两条吊龙夜晚在山寨间蜿蜒盘行,那"巨龙出山""腾飞奋进""双龙抢宝"和"盘缠养息"等高难度动作的表演,让寨民和游客无不惊叹。

舞龙文化表现的是礼仪文化。村寨里的龙扎成后,要择吉日傍晚举行接龙仪式。接龙时既不准打火把,也不能点灯。村寨的民众要摸黑抬着扎成的龙来到溪边,将龙头朝向流水的方向,然后摆上香案敬龙神。一般供桌上需摆上猪头、糍粑、水果、米酒,点上蜡烛,杀一只雄鸡向河神点血,然后燃放鞭炮迎龙神归位,主持人用墨点睛。龙首开光后,寨民纷纷将龙的蜡烛点燃插上,同时,点亮"风调雨顺""五谷丰登""国泰民安""和谐昌盛"等16个灯笼。随后,舞龙宝的人在前面引路,将龙引回村寨。进入村寨,家家户户灯光通亮,鞭炮齐鸣,寨门早已摆好接龙香案。举龙头的人问:"龙神问道谁爱好?"摆香案人答道:"土地答言此处高。"随后,寨民舞着本寨龙挨家挨户送吉祥、除秽气。每进一户,户主必摆香案,焚香点蜡,燃放鞭炮,而舞龙头的人就要向户主送上"神龙头上三点花,来龙恭贺主人家,主家接龙有诚意,又放鞭炮又敬茶;今夜龙神贺过喜,喜庆长留主人家"等祝词。这些礼仪除在木村寨用外,还在本村和外村寨龙相互拜访中使用,吟唱龙灯诗等礼仪也融入其中。

随着"城步吊龙舞"被列入国家级非物质文化遗产项目,并成功申报为"世界最长吊龙",编入了上海大世界基尼斯之最的史册,苗乡城步的舞龙文化,也正在苗乡各村寨重新盛行和得到创新。

我相信,下次回到家乡将会看到不同类型的龙灯出现在我的眼前。

三绝:冰臼

采风的时光过得很快,转眼间一周已过。妻的表弟陈光高对我说,去山对面的丹口镇一个叫斜头山的古山道看看,听说那里的小溪流里发现了 300 万年前古冰川遗迹地质奇观。

这里是我的出生地,我在这里生活了 10 多年,曾去那个地方背过木头,也曾沿着那条小溪走过,见到的是溪两边悬崖峭壁、古树耸立,溪内流水透亮。离开这里 30 多年,难道那条溪改道了?

带着问号,我与表弟陈光高便沿着早已被树木掩盖的古村道爬行。用了近一小时,我们终于抵达了村民所说的冰臼所在地。它的位置在城步县丹口镇旺溪村上群英村的古山道下。

走进溪间,我最大的感觉是:溪水还是那么透亮,只是水量小了好多,过去水流淌过的岩层也露出了水面,上面出现了大小不一的坑坑洼洼。这是怎么回事,真的是溪水改道让这里水变小了吗?

见我疑惑,陈光高表弟急忙告诉我,不是这么回事,是离这个冰臼群上游 500 米的地方修了一个小型水电站。

我终于明了。原来是这个水电站建起后,溪水变少,这个 300

万年前古冰川遗迹地质奇观才展现在人们眼前,才让这里的人们见到冰臼的真面目。

我赶忙打开手机搜索"冰臼"关键词。冰臼是第四纪冰川后期的产物,是通过滴水穿石的方式形成的奇观,是古冰川遗迹之一。目前,世界上最大的冰臼是2010年在北京发现的白龙潭冰臼。

走近小溪被长年累月冲出来的、葫芦似的冰臼那段,发现这里的冰臼完全符合"口小、肚大、底平"的三大特征。

冰臼是冰川的直接产物。两三百万年前在巨厚冰层覆盖下,这里处于"封闭"和"半封闭"状态,冰川融水沿着冰川裂隙向下流动时,由于冰层内有巨大压力,水流呈"圆柱体水钻"方式向下覆基岩及冰川漂砾进行强烈冲击、游动和研磨,最终形成深坑。这些坑极像南方舂米的石臼,因此被称为冰臼。

冰臼群遗迹能在斜头山古道的小溪中发现,证明这个地方属于冰臼地质地貌。长年累月水流的冲击,两三百万年的冰雪冲洗,让此处本是古火山熔岩形成的岩石,在冷却后形成了层层剥离状褶皱,大大小小、深浅不一的冰臼小坑布满了小溪熔岩断裂区。

我应该感谢在上游修建水电站的人们,是你们的壮举,让我在我的家乡见到了300万年前古冰川遗迹地质奇观;我也应该感谢我的家乡父老,是你们多年的保护和坚守,才让这300万年前古冰川遗迹地质奇观埋藏在这条原生态小溪里。

看着那上百个冰臼小坑,我陷入了沉思,我的耳边响起习近平主席的讲话:"中国要美,农村必须美,美丽中国要靠美丽乡村打基础。""新农村建设一定要走符合农村实际的路子……注意乡土味道,保留乡村风貌,留得住青山绿水,记得住乡愁。""乡村文明是中华民族文明史的主体,村庄是这种文明的载体,耕读文明是我们的软实力。"我想,我的家乡父老们应该读懂了。

300万年前古冰川遗迹地质奇观呈现已成事实,如何借此奇观来保护好这一条生态小溪,我想,当地政府和人民应该有了良策。因我知道这一原生态小溪峡谷中类似张家界风景的岩石无所不在,我也知道这一原生态小溪附近还有仙人下棋绝景、水晶矿洞、千年银杏、旺溪古苗寨等人文风景,相信,不久的将来,这里会成为人们最喜欢来的旅游观光之地。

冰臼小坑,这个大自然冲刷出来的产物,虽经千万年风霜雨雪,也经千万年溪水浸泡,如今方显露在人们的眼前。但请你不要流泪,岁月会给一个美好答案的。

透亮的溪流,你虽小了,但你依然坚守着你的职责,依然亲吻你的岩层,依然用你的温度给予岩石热度。那冰臼熔岩上留存的锦帛,那石葫芦般的天然景观,你带给人们的美,不仅是你给岩石的造型美,还是你的心灵美。

溪水奔流,节奏优美,你永远会把美埋在心间,但我会时时关注你产生的美。

我相信,你虽藏在大山深处,但人们会永远记住你的美。

(原载于2017年01月10日江山文学网,被评为精品文章)

赏析：

　　城步苗寨古文化用"三绝"来形容一点不为过！似画非画，似篆非篆的苗文如"天书"，智勇双全的苗人利用这"天书"优势，反对压迫，起义反清强化自治！在当时留下苗文石刻群这个独特的历史文化，让现在的苗人去考究当时的生存与发展，辉煌与衰败，这"天书"是城步苗乡的"一绝"！说起城步苗寨文化，上海大世界基尼斯纪录认证的"世界最长吊龙"就出自城步苗寨。龙自古就是祥和的象征，城步人每年正月各个村寨都要舞龙送祝福，每个村寨的龙带着全村人的祝福舞送给邻村族人！扎龙、舞龙、尊龙、敬龙、爱龙体现城步苗人的龙文化深入骨髓，世代延传！这可是城步苗寨的"二绝"！人文文化当然离不开山水，美丽的苗寨人生活在300万年前古冰川遗迹的溪流边，默默保护着世界奇观"冰臼"，用他们的智慧保护和坚守"冰臼群"，让这奇观原生态呈现在世人面前。静静的美，天然的美，也是城步苗人最绝的美——"心灵之美"！读这篇文章，对苗寨厚重的历史、深远的文化甚是敬仰！敬佩苗寨人英雄、豪迈之气概！感受苗人的心灵之美！

　　　　　　　　　　　　　　——江山文学网中百淡然老师

苗乡城步"五韵"

苗乡城步拥有首批 10 个国家公园之一南山国家公园。

城步人口中 85% 以上是苗族。这里的苗民以青山为伴,以树木为伍。这里的苗民很文艺,随便采下一片青叶子,就能吹奏出一首首优美动听的歌曲。这里的每棵树木、每片叶子都是上天赐予的良药。

这里的苗民还保持原有的淳朴和好客;这里的苗寨依然在坚守和创新;这里的村村寨寨还具有浓郁的乡土气息,还散发着泥土的芳香……

连续三年采风,我亲身感受到了家乡的神韵。

旺溪苗寨的古韵

苗王的寨子,已没有昔日的繁华。古老的青石板路,已失去往日的光泽。古瓦古墙依旧，寨子主人已换。流水潺潺的溪床，鱼儿重复着欢唱往日的歌谣。

行走在湖南省城步苗族自治县丹口镇旺溪村的青石板路上，仿佛有一段湿润的青春遗忘在这古寨子里。还有一些云水过往需要温柔地想起……

想起那年那月，一代苗王的创业史、发展史、文化史；想起他那一瓦一砖建成的五座四合天井大宅；想起他那家业发达后所追求的文化品位；想起他那至今不知去处的宝藏；想起他那文惊四方的才气……最有特色的那座宅院已成为儿时的记忆。这里曾是新中国成立后的农会，也曾成为培育苗民的学堂，更是独领风骚的一方豪宅。

那年那月，深居大山的苗王，思想一点儿没落伍：四合天井的正屋大堂，铺就的瓷砖地板至今光泽依旧。苗王是城步县甚至整个邵阳市第一个追求现代化生活的人。一公里左右的村道房子做成的商铺，彰显了他深懂"无商不富"的哲理。那年那月，苗王所在的这个村，是湖南省宝庆府城步苗乡最富有的村寨，所以得名"旺溪"。

千年过后，这个典型的苗乡古村落宅子，如今只剩下苗王最终逝去的那栋老宅。它因年久失去了当年的霸气，而其他三栋小宅已多多少少增添了现代元素。

那座拆去的四合天井宅院，槽门还在，可是失去了往日的光华。那没拆去的围墙上，至今还画有千年不褪色的龙、凤、麒麟等。那两边用四块石板雕有钓鱼、棋牌等文娱画面的蓄水消防池，已失去它的作用。天井里也只留下不知当今石匠能否打磨出来的条石……

每个人梦里都有乡愁。这乡愁,就在你我出生的地方,在陪伴你我成长的地方。也许苗岭深处这个叫"旺溪"的地方,我与她相牵的,只是一栋古宅、一段记忆、一株花木,可我每次回到这里,好像前世就与她有一段不了情。忘不了那座古老的风雨桥,忘不了那一条条青石板路,忘不了这个当年充满苗乡风情的古寨子。这是一段无法割舍的情,这是不用雕琢和修饰的情,哪怕人生千回百转,也抹不去这份情缘。

那淡雅的山水,那古朴的寨子,那写意的村庄,让我闻弦歌而知雅意。

羊石苗寨的雅韵

牌坊匾及碑文,遗落在古祠堂遗址的西北角。但牌坊匾的石雕,似乎告诉人们这里曾经熙熙攘攘。

黛瓦灰墙,青石巷口,随着年代的远去,显得有些空荡,似乎告诉来这里的人们,这里的儿女已走出古宅,去了他乡。

读初中时,帮大姨挑水的那口古井还在。虽然挑水的人换了一波又一波,可大多还是老人与孩子。井边的苔藓告诉我,此井已历尽沧桑不堪重负。

而那栋有精美的镂刻窗花,青砖黛瓦马头墙,彩色描金宅门,四方院中的宅基全为精雕细琢的青条石铺建的进士第,似乎无声地告诉人们,这里曾是文贤辈出之地,也曾富甲一方。

记忆中的湖南省城步苗族自治县羊石古村落没有桥。村里的苗民去河对岸耕种,都是靠划船过河。改革开放后,由政府投大头、每户苗民投小头,终于解决了羊石古村和尖口村在山洪暴发的季节出行难和耕种难的问题。所以,桥上有碑记录了这一段辉煌史。

站在桥头眺望古村,翘角的黛瓦灰墙古宅,虽还能保持她的原始美,但新修的河堤和古宅中增添的现代元素建筑,又让她失去了原始的真。

迈步踏入古老朴素的村巷,那青石映射出的人影,那被踩得发亮的鹅卵石,那大小统一的条石板,会让你我联想到那年那月那360户人家的和谐,联想到那时欢声笑语满村巷的场景,联想到当年传唱的那句"羊石田360家,家家做糍粑"的民谣。

"江畔何人初见月?江月何年初照人?人生代代无穷已,江月年年望相似。"吟着唐代张若虚的诗,我突然明白了先人为何要选择在这个有玉带式柔情水环抱的地方生活,"天人合一"永远是人居环境首选法则。

羊石古村落,有过岁月沧桑的痕迹,也有过楚辞汉赋的风韵,更有过唐风宋雨的激情。这痕迹、这风韵、这激情,在下一个年月她是不是能经得起春寒料峭、夏日酷烤、秋雨泥泞、冬季雨雪,也许,你我在联想,你我也在追问。

淡淡的情怀,淡淡的忧愁,也许你我心中只有一个念想,那就是青山依旧,古寨更古,只有乡愁永暖你我心扉!

桃林苗寨的风韵

层叠有致的吊脚木楼,炊烟淡淡。绿油油的稻田田埂上,公鸡鸣唱。清澈透亮的溪水中,欢歌流淌。屋后两棵高大的红豆杉,相爱如初。吊脚楼那阿哥阿妹,依旧用山歌传情,用爱示意……

看到湖南省城步苗族自治县作协主席阳盛德发来的这样一组美图,我情不自禁地拍案叫绝:好一幅田园山水画!

城步桃林苗寨,中国最美丽的苗乡山寨之一。

她不是因拥有了大片桃林树而闻名,也不是因直通南山大草原而沾了名气,而是因这里的山水与人文自然纯朴美而得名。

小村被玉带似的小溪流环抱。远看,她有着被柔情山水浸泡的美;近看,她就是一幅被自然山水泼就的画。

那年,我们曾经在这山水中流返,那种返璞归真的感觉至今令人回味无穷……

又想起进入桃林苗寨境内,沿着如画廊般的小溪,捧一捧溪水洗一把脸,如同洗去了心灵的尘埃;荡一荡用树藤做的秋千,想起儿时娱嬉的欢快。玩一玩跷跷板,如同找到了童年的感觉,拍一拍形如猴子的猴山,看一看装饰独特的苗家吊脚木楼,品一品刚从地里挖出来的红薯,风雨桥上再歇一歇脚,如同又回到了那些逝去的岁月。

回到桃林,有了远方游子回到久别家园的感觉。

今又见桃林,心灵感应到她的美是那么无邪。

岁月静好，桃林永远都是晴天……

十万古田的花韵

古树虽然不高，枝头却布满了岁月的沧桑；流水虽然淙淙，叮咚却无意间拉响和谐的琴弦。

那十万古田里的古树、古藓、古生态，让我忘却人世风情，忘却人间烟火。

每当看到朋友发在网上的这组图片，我仿佛又置身于湖南省城步苗族自治县十万古田那密林深处：厚厚苔藓的树枝上，长着一排排、一簇簇艳丽的独花兰。它们的一俯一仰无不打动着我的柔情……

宁静的空谷中，能目睹野生独花兰，让我感受到这是一种缘分，感受到这是一种无穷遐想的况味，感受到这是一种触景生情的感叹，也难免想到古时几位爱兰的君子……

想起孔子爱兰，寄情于兰草的名句："芝兰生于深林，不以无人而不芳；君子修道立德，不谓穷困而改节。"

想起越王勾践在兰渚山上，用兰草历练隐忍安静的个性；想起他挥袖征伐，三千越甲吞吴，涅槃重生的气势。

想起在人间无数草木中，唯独以兰草为挚友的屈原。想起他认兰草为知音，浪迹天涯，独自在汨罗江畔沉吟的情形。

想起以"凡吾画兰、画石，用以慰天下之劳人，非以供天下之安享人也"的高尚襟怀为荣的郑板桥，想起他画兰时的陶醉。

而十万古田的守望者老易，与这片独特的兰花林为伴，也许他的高雅情怀就如同这绽放在幽谷里的兰花，独自展现她的原始美、质朴美……

然而这种美无法用言辞表达，就只能自己给自己一种解释：那就是这种清净古朴的原生态美，传递给你我的是，作为远离故乡的游子，在这种美丽与柔情下，那颗行走江湖的心静下来了。从此不再有风尘世俗的遐想，如同回到故乡，回到年少无知的童年……

云雾岭的山韵

不通公路的岁月，故乡的云雾岭是进入县城的最后一座高山，也是当地传说中的神山。

我虽没去过，但儿时听父辈们讲过挑担进城爬云雾岭的艰辛。

在QQ空间中看到，湖南城步苗族自治县作家协会主席阳盛德拍摄的云雾岭，如诗如画，记忆中那怀想过的山岭古道顿时变得具体而生动。我终于相信，一些缘分是无法断绝的，即便千转百回，也会最终相遇。

我虽未曾爬过父辈们留下汗水的云雾岭，但看过这组山水图，也不禁佩服那年那月曾在这里走过的父辈。他们肩上挑着千斤担子，步速如兔，因为他们心中想的是明天更美好的生活。

云雾岭见证了人间沧桑……

红尘陌上，我真的为阳主席的这组美图陶醉了。

哦!人到了一定年岁,追求的只是平和与淡定,从前的时光已是回不去的乡愁……

(原载于2016年03月03日《南方日报》和2017年01月09日江山文学网,被评为精品文章)

赏析:

作者用一种特别的方式来抒发怀念家乡的感情。用古韵道出历史的厚重、文化的深远,以及一代富豪的睿智!雅韵,则是描写古村落的古朴、优雅。古朴彰显出历史的辉煌、岁月的沧桑,优雅表现在古村落人们的思想纯朴,有原始的风韵,不管经历怎样的沧桑总保持"天人合一"的高意境!那吊脚楼是苗寨的别致风景,那儿有柔情满满、生活甜蜜的阿哥阿妹,有自然纯朴的山青水柔的静好!不愧为有"风韵"的城步苗寨!有山有水必有花相伴,城步苗寨的花是幽静、质朴、高雅的四大君子之兰花,犹如这里的苗人绽放自己最质朴、最原始的美!坚守自己的信念,云雾岭就是这一切的见证!

——江山文学网中百淡然老师

辑五 他乡走笔

走进井冈山

提起井冈山,人们总会想起那段永远令人难忘的红色记忆,想起毛泽东引兵上山那段艰辛岁月,想起那首首让人动容的红军歌曲——《十送红军》《红军阿哥慢慢走》……

走进井冈山,才知道这个红色地方群山起伏,500里山绿水秀装点着她的美。散落在山林田地的客家建筑展现着她的别致;但更多的是她的传奇、她的故事和她的闲逸、她的风韵,以及她的温柔,令人一到这儿就不想离去。走进井冈山的人,只有掀开这幅红色的画卷,才能真正地领略到井冈山的风光,品味当年留在井冈山的红色风流。

走进井冈山,才知道这个红色地方主题鲜明。这里的时光保持着红色的本质,这里的街市保持着古旧的宁静,这里的景点带有一股红色的血性。一家家以红色为主题的店铺,一个个以红色为主线的景点,无论你是归人,还是过客,那年那月的红色记忆,都不会让你置身事外,而是甘愿彻底地融入这交织的红色人流,与他们一起聆听那年那月的红色烟火,品尝那年那月的世情百味,感受那年那月的精神魅力。井冈山就像一幅被血染过的壮美老画,汇聚了这里当年百姓和红军的淳朴生活;又像是一杯用故事浸泡的清茶,让来这里的人品尝到了当年的甘甜与清苦。

走进井冈山,才知道这个红色地方故事动人。空空的行囊,都被一路的妻送郎、父送子、兄弟齐齐当红军等故事塞满。置身于小井当年的红军医院,仿佛看到那栋黑色的木楼里救死扶伤的动人场景;拜谒无名英雄烈士墓,感悟那艰苦的岁月里井冈山人为掩护红军牺牲自我的大无畏精神的崇高。

走进井冈山,才知道这个红色地方灯光最亮。八角楼里,毛泽东在灯光下以革命家的见识,勾画出正义战争的理想,写下了《中国的红色政权为什么能够存在》《井冈山的斗争》等名篇著作。黄洋界上,毛泽东以诗人的眼光,在灯光下描绘了战场景致的美丽,写出了"山下旌旗在望,山头鼓角相闻……黄洋界上炮声隆,报道敌军宵遁"等动人诗篇。茨坪旧居,毛泽东以哲学家的思维,在灯光下对自己在井冈山的岁月进行了独到回顾,写下了"久有凌云志,重上井冈山。千里来寻故地,旧貌变新颜……三十八年过去,弹指一挥间。可上九天揽月,可下五洋捉鳖,谈笑凯歌还。世上无难事,只要肯登攀。"等励志名篇。

走进井冈山,才知道这个红色地方也有闲情。漫步在井冈茨坪的街巷,悠悠的赣南客家民风扑面而来,穿行在其间,无须任何的思考，只管尽情地让青春做一次快乐的放逐。甘愿预支珍贵的时光，交付自己的年华为之停留。也许与三五知己走进某个街边的美食店，点上几道井冈山本地的土鸡、野菜，品一壶红米酒，吃一碗红米饭，一坐便离不开了。也许离不开的是这种别致雅情与红色激情更替的美丽时光，离不开的是这份喧闹与沉静交织的闲逸人生。这里的每一处风物，都令我流连；这里的每一道美食，都令我回味；这里的每一张脸孔，都令我感动。

井冈山，你让我空空的行囊装满了这里真实的生活和红色的文化。而我只能带着这些生动而励志的记忆和足以滋养一生的红色情怀，告诉每一个认识的人，让他们知道，井冈山除了有红色的故事，也有不老的闲情。

（原载于2016年01月14日《南方日报》，被江山文学网评为精品作品，入选高中语文课本并成考试题）

赏析：

井冈山的故事，是每个国人都知道的。作为红军最强大的后盾，在那特殊年代，当地民众的热情和无私奉献碰撞着每一颗期待和平的心。文中提到毛泽东同志与井冈山密不可分的情谊，以及重回井冈山写下的豪言壮语，无疑成为一种时代的印迹。当"我"漫步于井冈山，也同样看到它的秀丽、壮观，还倾听到一大段被后代传承下来的红色记忆。我们取得了当年那场伟大的胜利，更应该静下心来，细细地品味时光所带给我们的宁静。所以作者说道："井冈山除了有红色的故事，也有不老的闲情。"

——江山文学网清粥小菜老师

柔情下梅古韵深

与一个地方有缘，真的不需要任何理由。去时，也许她在你的脑海里一点印象都没有；可当你走近她时，她那一举一动的柔情又无不触动着你的心弦……

初秋时节，当我游走在山水画中的福建武夷山的下梅村时，我的视线就被那经岁月沧桑洗礼的街巷所吸引了。脚踩着鹅卵石或青石条，凝望那用黄泥土垒就的古墙，更让我感到仿佛在隔着时空与一位典雅的女子对话。她那淡雅贤淑、温柔古朴的性子，让我不得不在敬佩和迷离中，多了一分了解她的迫切，也多了一分对她的敬重……

下车步行，从远处观赏古色古香的下梅村。她虽然有着如同棋盘一样的布局，但既没有江南古镇的奢华，也没有苗乡山寨那样别致的风韵，而她确确实实是生态和谐的。越走近她，那独有的古朴风貌，那特有的小桥流水，那沧桑的古墙，让我仿佛穿越岁月，见到了那年那月的一村繁华。当我迟钝片刻,现实中的她,早已成为古村落和文化旅游村。村子虽被冠上了各种荣称,但丝毫没破坏这里的生态环境和古朴风韵,也没打扰这里村民的安居生活。这里的人们,惬意的生意照做,安逸的生活依旧,而那来往的游客就如同家里多了几位客人似的。

跨过清澈透亮的梅溪,走近那造型像腾飞的龙的邹氏家祠封火墙。经几百年岁月风雨的浸泡,墙面虽有些风化,但色彩依旧。这个古村最初建于隋朝,到宋朝时,这里的里弄街巷已经成户成型。而再到清朝,这里已成商贾云集、富甲一方的街市。而我置身其中,感受到的是这个安逸古村落的深厚底蕴,品味到的是这个素有"文史精品"美称古村落的特有魅力。

穿行于村落深处,品味祠堂、古井、老街、旧巷与民谣、山歌、龙舞、庙会等交融的文化,我感受到了这里当年的繁华与富有;品鉴那隐藏在雕梁画栋里的"商"字和高悬在门楼上的名利图,细看那集采光、集雨、通风为一体的四方天井,一重天井一重厅,再加上那精巧的闺楼、书阁、花园、经堂和厢房,我领略到了当年建筑者的构思智慧,也触摸到了那年月建筑者"天人合一"的哲学思想。

我虽陶醉在下梅村的水乡风情中,也迷恋这个古村里那独特的建筑风格,但也带着"挑刺"眼光来审视这个古村的每处景观。特别是每座建筑门楼上的砖雕处那一块块黄黄的印子,让我的眼睛隐隐约约有了灼痛感。好在边走边问中找到了答案,才让我那灼痛的双眼舒适起来。原来,那是村里老一辈人在那特殊岁月为保护每座民居上的砖雕、石雕、木雕等独有奇葩的民间艺术,用黄泥和稻草覆盖后留下的。于是,我在思考中,读懂了那年那月老人们的良苦用心;在赞叹中,不得不佩服那年月里这个村里老人们的智慧和胆气。如今,精美的砖雕装饰上虽然留下了黄泥和稻草的印记,但那雕得惟妙惟肖的人物和活灵活现的花鸟与山水等特有景观,在邹氏家祠、邹氏大夫第的"小樊川""参军第门楼""西水别业""隐士居""方氏参军"等门楼上得到重现,使下梅古村的文化底蕴能进一步得到彰显,让来往的游客竖大拇指称赞,这真是一个难能可贵的创举。还有那保存下来的柱础、石基、石花架上的石雕图案和挑梁、吊梁、吊顶、栏杆、窗棂等上的木雕图案,更是把下梅村的古韵装点。

　　站在下梅村口,抚摸着"晋商茶道万里行起点"纪念碑上镌刻的茶路线图,我感悟到了当年万里茶道上的宏阔,也体会到了福建、山西商人联手开辟这条"万里茶道"的艰辛,更领悟到了当年武夷岩茶在中俄边境贸易城恰克图高价交易的自豪。

　　别离下梅村,这个一到春天,空气中处处散漫着茶叶清香的古村落,不仅村能保持得那么古朴,而且能养育出北宋著名词人柳永、南宋理学家朱熹,还开辟了中国另外一条最繁忙的"万里茶道",也许正是这里的山民有了敢为天下先的思想,有了跳出古村看世界的独到眼光,才使得下梅这个古村的韵味悠长……

赏析：

陈建族的散文《柔情下梅古韵深》写得真好！有景、有情、有韵味、有思想。细品之后，心里便逐渐有了想写点什么的冲动。

一开篇，作者便用一个很生动的比喻突出了这地方的魅力。"脚踩着鹅卵石或青石条，凝望那用黄泥土垒就的古墙，更让我感到仿佛在隔着时空与一位典雅的女子对话。她那淡雅贤淑、温柔古朴的性子，让我不得不在敬佩和迷离中，多了一分了解她的迫切，也多了一分对她的敬重……"

从人性的角度去观察，在人的精神世界里，还有什么能比自己心仪并敬重的异性更有吸引力呢？这很自然、很有韵味地吸引着读者一步一步地随作者在下梅村神游。

我国现存的文化旅游村，很多都已经商业化，良好的生态环境和古朴风韵也大不如前，但是，眼前的下梅村，虽然"早已成为古村落和文化旅游村"，但她"那独有的古朴风貌，那特有的小桥流水，那沧桑的古墙"依然古朴如初、生态和谐。这是第一个特色。

随后，作者以简洁的语言和精确的描述概括了下梅村从隋朝到宋朝再到清朝直至今天共一千多年的发展历史，谈了自己的感受：这个安逸古村落有着深厚的底蕴，自己已经品味到她素有"文史精品"美称的古村落特有魅力。不是吗？清澈透亮的梅溪，那色彩依旧、造型像腾飞的龙的邹氏家祠封火墙，还有那祠堂、古井、老街、旧巷与民谣、山歌、龙舞、庙会等所蕴含着的文化的交融，那隐藏在雕梁画栋里的"商"字和高悬在门楼上的名利图，那集采光、集雨、通风为一体的四方天井,一重天井一重厅,再加上那"精巧的闺楼、书阁、花园、经堂和厢房",使人深深地领略到了"当年建筑者的构思智慧"及其"'天人合一'的哲学思想"。这就揭示了这村落的第二个特色。

紧接着,作者并没有只停留在景色的描绘上,而是从一个个具体的景点到原村落的老人,把笔触渐渐地过渡到了对人的精神世界的赞美。他从"每座建筑门楼上的砖雕处那一块块黄黄的印子","读懂了那年那月老人们的良苦用心"。原来,这里的珍贵文化遗产,如"每座民居上的砖雕、石雕、木雕等独有奇葩的民间艺术",那装点出下梅村古韵的"柱础、石基、石花架上的石雕图案和挑梁、吊梁、吊顶、栏杆、窗棂等上的木雕图案","那雕得惟妙惟肖的人物和活灵活现的花鸟与山水等特有景观",能在"邹氏家祠、邹氏大夫第的'小樊川''参军第门楼''西小别业''隐士居''方氏参军'等门楼上得到重现",而进一步彰显下梅古村的文化底蕴。这都是村里的老人们凭着自己过人的胆识和聪明才智保留下的。作者将之称为"一个难能可贵的创举",这一点都不夸张!下梅村的老人们是用生命维护着这古老的村落。没有他们的大智大勇,就没有上述珍贵文化遗产的存在,就没有了"下梅这个古村的韵味悠长了"!我们应该感谢他们,我们应该赞颂他们!这里,凸显了人的精神,正是这种精神,使下梅有了以上所述的特色;正是这精神,使他们敢为天下先,跳出古村看世界,开辟了万里茶道,为中俄边境贸易作出了较大的贡献。

全篇文章，从被吸引到置身景中，又从景到情，从古到今，从建到护，今天又从本土迈向世界，层层递进，步步升华着思想意义。它使我们领略到，我们国家的文化沉积很深厚，但是需要用心、用力、用胆识去维护，并用敢为天下先的精神去发展。我们还该做些什么呢？耐人寻味！

——温俊伟《从景到情韵味悠长》

三坊七巷的遐想

人的一生有许多第一次：有成功的，也有失败的；有记忆永存的，也有迷惑不解的……第一次到福州，第一次听到三坊七巷这个地名，也是第一次冒冒失失闯进这个迷宫似的地方……

坊与巷的组合，我也是第一次听说，也许是两个古老的词，也许岁月给它们镀上了一层厚厚的铁锈；也许在当今的时尚浪潮中，它们只属于过去，属于那年那月的风情。

迈步走近她，我才找到了答案。其实福州的三坊七巷的"坊"与"巷"是没有区别的，是二者重叠的结晶。也许是这种重叠的结晶，才让这"坊"与"巷"具有别样的风情，才让人们记住了它的名字，记住了三坊与七巷的不同柔情。

踩着脚下的长条青石板，望着那外墙青砖、内部木结构的平楼，纵与横，方与正，那样的井然有序，不仅给坊与巷增添不少神韵，而且让这里更显得古色古香，让人仿佛在穿越。我才醒悟，古代中国城市是以方格网街道为主导的，规划有序、排列整齐；我才明白，战国到北宋初年，实行的是坊市制度，居住区以坊为单位，要求也相当严格，不能经商；我才理解，坊与巷中经商，是北宋中期的决策，街巷制的管理，使原坊内小街发展成横列的巷，才展示了这里当年的商业繁华。

一路品味，一路思考。两千多年前遗落在这里的古朴，千百年后我们还能在这里追寻到，让人们坐在三坊七巷的某个角落，触景生情，沉浸在经年的往事和怀旧的柔情中。也许这正是三坊七巷留给人们的魅力。

上网查找福州的历史，我才知道，福州建城于公元前202年，始称为"冶城"，至西晋时期才具有一定规模，并改称为"子城"；我才发现，福州的繁荣，萌芽于唐天复元年，也就是901年。当时的威武军节度使王审，深知"守地养民"才能富裕一方的哲理，便在"子城"外以钱纹砖砌筑一座名叫"罗城"的城，成为当时全国唯一的砖城。而三坊七巷就在罗城的西南部，占地661亩，成为当年商业经济发展的特区，这才有了留给我们的三坊七巷。

穿行在迷离交错的石巷，那衣锦坊、文儒坊、光禄坊和杨桥巷、郎官巷、塔巷、黄巷、安民巷、宫巷、吉庇巷里，都收藏着发生在这里的遗韵故事，也许让你我赞叹，也许让你我那根心弦再次拨动，也许你我被这方老屋的灰瓦土墙带回到历史深处……

三坊七巷，当睿智的思考穿透这一方精神领地时，你我也许会发现，这一方古代遗落的神韵之地，不仅是那古色古香的老屋灰瓦土墙,还有严复、沈葆桢、林旭、林觉民、林徽因、冰心、庐隐、郁达夫、郭化若等一批近代搅动风雨的人物。他们多多少少受到三坊七巷文化的影响,怀着对这里圣贤的尊崇,对国家和家族的热爱,用报国的激情送走了远古的暮气,迎来了今日的繁华朝气,让丢失昨天的人找到今天,又让拥有今天的人向往明天。

赏析:

作者第一次到福州的三坊七巷,思绪是跳跃的,在作者的笔下它横穿进了历史,让读者对三坊七巷有了更深的了解和认知,历史赋予了它独特的凝重和文化内涵。抚今追昔,让人感叹。

——江山文学网叶华君老师

情醉红石峡

一条长达 2000 米的石峡沟，沟里全部是红石岩层，太阳光的照射，把整条沟都映红，让他如同进入仙境。

深秋时节，在河南省焦作市的云台山，见到这一奇观后，他回到广州近两个月还在魂牵梦萦，不知是自己有多少云烟讨债留在这里，还是有一段情缘遗落在这里。反反复复听杨钰莹的《天各一方》，让我多了一分伤愁，多了一分对红石峡的挂念："叶落知秋人去楼空 / 心情孤孤单单好想哭 / 感觉你的脚步在我胸口 / 让我难承受 / 千里明月光照在你身上 / 梦中的脸庞已是泪成行 / 芳草连天长 / 人在天涯又何妨 / 还有你在身旁……"

其实，去云台山前，他曾浏览过焦作网，也查阅过红石峡的历史，一些关键内容进入了他的脑海：这里的地质遗迹，是 14 亿年前地壳运动所造成的。这里悬崖陡峭，红岩绝壁，是我国北方地区少有的丹霞地貌峡谷景观。这里虽有绿色植被，但在阳光的映衬下，整个峡谷是万绿丛中一点红。

然而当他走进红石峡,眼前熟悉的一切在让他感受到这里的奇特别致的同时,还感受到了时刻打动他的一颗温柔的心⋯⋯

那年那月,他与她是文友,书信交往中,她邀他在一个深秋红叶满山的日子里,去河南焦作市的云台山红石峡看红日、红叶、红石映红峡谷的艳丽。于是,第二年的深秋,他从南方驻海岛的舰艇部队赴约,她从北方的一座小城赶来。

文学的爱好,让他们从相识走到了相知。当他们携手并肩迈步在2000米长的红石峡上时,峡谷中别有洞天的美把他们的心拉得更近。看到东西宽2至30米左右的峡谷,千般美景和万种风情均藏在地面之下,既把人世间最美丽的"泉、瀑、溪、潭、山峰、怪石"等景观融入了峡谷,也用人世间最奇特的雄、秀、险、幽、奥等景致点缀了峡谷的美。同时,峡谷里的山,是山下之山;峡谷里的水,是水下之水。于是,他们在感叹上天巧妙地将大自然的阳光之气和阴柔之美融为一体,将山川精华荟萃于这一方寸之间时,也把话题延伸到了各自假设在这里成家立业的美好生活。言谈间,她希望他早日离开部队,与她去北方看春日的翠绿、享夏日的清风、读秋日的红叶、品冬日的雪景。面对她的表白,他深知她对他产生了爱意,但他刚毕业,这个时候肯定转不了业。于是,他只能对她说:"回部队汇报后再复。"

带着浓浓的情意走出峡谷,丝丝凉意告知他们,红石峡谷内谷外的气温不一。他们好奇中嬉戏着查找这一气温差别的原因。站在地面望峡谷,观察风向的流动,哦,他们终于明白了。红石峡谷里,群山环抱,花红草绿,温润如春,有着不与外界空气进行对流而形成的独特小气候。这里一年四季游客如云,在盛夏时节,当峡外酷暑难耐时,这峡内却春意盎然;而隆冬时节,峡外天寒地冻时,这峡内仍温暖如春。这真是天赐的气候!因其冬暖夏凉,四季宜人,所以又名"长春谷"。

特定的环境,特定的交流,特定的牵手,让他们从相认、相知向相爱跨越,可相聚的时光似流水。他记得那天她上火车时的眼神,也记得那天她说的每一句温柔体贴的话语,可他因特殊部队环境,只能抱着她沉默无语,心情如同《天各一方》的歌词一样:"芳草连天长/人在天涯又何妨/还有你在身旁/千言万语不能忘……怀念比路还长/守在远方/忧伤却为你收藏/依依不舍的泪光/沉沉的迷茫/怕你难去难留回头望/怀念放在心上/不会淡忘/纵然是天各一方……"

这一别成了永别。回去后,她被父母催婚,而他被派去与舰艇出海执行一次远航任务。2个月后,当他看到她的多封来信时,她已成为别人的新娘。

时光飞逝,当他在红石峡里想起这一场远去的情事,想起这一段遗失在红石峡的情缘,虽然这段情缘早已被春水浸泡、秋风吹拂,但他还是衷心感谢她给了他初恋,感谢她让他第一次听到女性表白,也衷心祝愿她家庭幸福,身体健康。

（原载于 2016 年 02 月 13 日《南方日报》，被江山文学网评为精品文章）

赏析：

恋上一方土地，或许因为这方土地有你！作者观察入微，表现出红石峡的奇景、秀丽以及气候的形成，再致力于展开一段难舍的情缘，身处于南、北的两人因为相同的爱好而相知，进而相约这梦中的圣地。"特定的环境、特定的交流、特定的牵手"，却因特殊的环境，最终不能相伴。"人在天涯又何妨""千言万语不能忘"，想必正应了那句话：得不到的才是最好的！正如这奇特的红石峡，已然置身其中，却又好似局外人，只能远远地思念，出现在午夜的梦里！

——江山文学网清粥小菜老师

千年银杏不老之泉

本以为有缘可以在风和日丽下一睹您一树金色的芳容；
本以为有缘可以用相机摄下您阳光下的身影；
本以为有缘鉴赏到您那金叶环绕铺就约5亩地的景观
……

也许是我们的缘分不到，只能在寒风冷雨中见到您挺拔的身躯，见到您一树金黄的华丽，也见到了那环绕您有5亩地宽的金色圆圈。只不过因寒风雾雨天气，我们无缘把您最艳丽的一面拍摄出来。

置身于千年银杏树下的那口不老之泉，本想用双手捧一把泉水喝上一口，尝尝这不老之泉的甘甜，体味一下这不老之泉的灵气，但寒风冷雨，把我们的渴望全部打消。

这棵千年的银杏树，长在河南省济源市王屋山脚下，有着2200年以上的树龄，树高超45米，树围达9.4米。

置身于这棵千年银杏树的脚下，想起小时候妈妈跟我讲那童谣般的传说，让我始终记得银杏树叫白果树，是长命富贵之树，有着"植物活化石"之称。银杏树叶中含有"银杏醇"，有降血压、降血脂的功效。银杏果营养价值高，是煲汤的好原料。妈妈还告诉我，银杏树非常神奇，每当人世间发生大的不幸之事，它就会断枝向世人发出警示，所以被称作"千年神树"，引无数善男信女朝拜。

望着树根、树身被善男信女搭满祈福红布，我仿佛看到先人们打来不老泉的泉水，在千年古银杏树下煮银杏果解除饥饿的场景；仿佛看到那无医无药的年月，先人们在这里捡拾银杏树叶来降血压、降血脂的情景……

离千年银杏树不远处开杂货店的老板告诉我，捡银杏果是他们家祖辈留下的习惯，既是为了千年银杏树和不老泉以整洁面容迎接四方客，也是为了不忘记那年大灾颗粒无收，是这银杏树的果子和不老泉的泉水救了他先人的命。在城市打工的他，一到秋季银杏树叶金黄时，一定会回到这里，与这棵千年银杏树和这口不老之泉为伴。

杂货店老板一家代代相守，为的就是不忘这千年银杏树与不老之泉的恩情。

千年银杏树长青，不老之泉水长流。时代变迁，社会进步，物质也在丰富，但我还是想提醒人们懂得感恩，懂得物质生活丰富时的"节俭"。

但愿你我自觉践行，但愿他与她自觉践行，但愿整个社会都践行。

（原载于 2016 年 02 月 14 日《南方日报》）

赏析：

河南省济源市王屋山脚下的一棵汉代遗物——千年银杏树，她不但给人们以节俭的提示，更舍身断枝给人们灾难的预警。在大灾之年，她的果实和泉水救了许多人的命，让大家平安度过灾年。杂货店老板一家代代守护这棵银杏树，既是为了报答银杏树的恩情，也是时时刻刻警示着后人永远别忘给予人类恩惠的银杏树。千年银杏树依然长青，不老之泉水依然长流不断，她们不急不躁，造福人类，依然被善男信女搭满祈福红布，虔诚拥戴。

——江山文学网你猜老师

龙脊长城的遐想

都说不到长城非好汉,可惜真正的长城我没去过。

当我爬上位于河南省沁阳市西北部23公里处的神农山山顶时,我的眼睛就被形似"长城"的龙脊状山岭吸引了。

两条峡谷间高耸的龙脊状山岭,长约115000米,高100至200米,宽仅3至10米。石灰岩被切割成大小不一的块体,山岭如同块块巨石堆砌的城墙;而山岭一连九峰,峰峰类似长城的烽火台,山岭俨然一座跨越巍巍群山的"天然长城",故被命名为"龙脊长城"。

站在神农山山顶,看群山起伏,望巨龙蜿蜒,我不禁自问:在当今和平世界里,我能在"龙脊长城"发现真正长城上曾经的沧桑吗;能在"龙脊长城"的脊梁骨上寻找到真正长城上留存的激情斗志吗;还能在"龙脊长城"那张被无情岁月雕琢的脸上找到真正长城上那一场场曾经的硝烟弥漫吗?

"龙脊长城"山岭一面是白松翠绿,而另一面就是沧桑满目、悬崖绝壁。那白松翠绿的一面,不正寓意欣欣向荣的中国吗?而满目沧桑、悬崖绝壁的这一面,不正好反映了中华民族是一个曾经多灾多难、战火横飞的民族吗?

把目光锁定白松翠绿的右边岭脊背,如同一幅千军冲锋、万马奔腾的攻城气势图,把我带进了数年前曾读过的唐代诗人祖咏的那首《望蓟门》:

燕台一去客心惊,笳鼓喧喧汉将营。
万里寒光生积雪,三边曙色动危旌。
沙场烽火侵胡月,海畔云山拥蓟城。
少小虽非投笔吏,论功还欲请长缨。

诗人把激情澎湃的笔墨,用在了称赞我泱泱大国之河山,用在了赞扬我赫赫唐军之声威,用在了彰显我堂堂汉人之襟怀,用在了凸显名扬中外之盛唐气象,用在了大展威慑古今之唐人雄风。这种阳刚之美,这种扬威之气,如同一声爱国主义的洪钟巨响,再次把中华儿女那股热爱祖国山河的豪情和那颗投身疆场为国立功的雄心激荡。

然而,当我把目光投向左山岭的脊背,振奋的心情坠入了低谷。我仿佛看到了当年孟姜女哭长城的动人场面,仿佛听到了当年金戈铁马、逐鹿中原、驰骋疆场、碧血黄沙等一个个悲壮的故事,仿佛那一幕幕父送子、妻送郎、弟送哥赴边关守国门等催人泪下的场景就发生在昨天。这也让我想起南宋女词人金德淑所写的一首词《望江南·春睡起》：

春睡起，积雪满燕山。万里长城横玉带，六街灯火已阑珊，人立蓟楼间。

空懊恼，独客此时还。辔压马头金错落，鞍笼驼背锦斓班，肠断唱门关。

尽管金德淑只是一位南宋旧宫里的女词人，但她能在宋朝灭亡后的10年里，含着血泪写出如此让人动容、让人深思的词，既体现了一个女人的爱国情结，也彰显一个女人为中华民族振兴疾呼的血性。所以，她的这首词被称为南宋故国的一曲哀悼挽歌，真是名不虚传。

呼啸的寒风没有打断我的思绪，而是让我站在龙脊长城上进入了深层思考：如果说祖咏的《望蓟门》是一首奏响爱国主义洪钟巨响的诗，那么金德淑所写的《望江南·春睡起》就是一曲爱国主义的悲歌哀乐。祖咏让人领略了盛唐气象的芳华，感受到了唐人雄风的威武；而金德淑就让人重温了南宋灭亡的悲惨景象，也体味到了当年宋人对南宋衰亡的悲泣。一对不同朝代的男女，写出不同抒发爱国情怀的诗词，他们的疾呼，能给当下活在和平时代的年轻人什么启迪呢？我的耳边仿佛传来了唐宋先贤的声声呼唤：振兴中华，实现中国梦！我深深感到，身后似乎有股强大的凝聚力、创造力在催促着我们这个民族向复兴大业迈进。

小心行走在"龙脊长城"的脊背上，我也联想到近代中华民族有疆无守、有海无防的沧桑史，想起鸦片战争、抗日战争，想起那些不当亡国奴的先辈们，也想起一个国家永远保持的精神——爱国主义精神！

天然的"龙脊长城"，真正万里长城的一个"模板"，无论它的形似，还是它的威严似，我们都不必去评论计较，大家能把它誉为"龙脊长城"，肯定有它的内涵与外延，目的就是希望来过这里的人时刻不忘前辈们用血和泪写就的两个字：爱国！

（原载于2016年04月14日《南方日报》）

赏析：

作者爬上神农山山顶看到形似"长城"的龙脊状山岭时，触景生情，展开了无尽的遐想。由"龙脊长城"山岭一面是白松翠绿，一面是悬崖绝壁，联想到中华民族欣欣向荣和多灾多难的两面，并分别引用了唐代诗人祖咏的《望蓟门》和南宋女词人金德淑所写的《望江南·春睡起》来印证说法。行走在"龙脊长城"的脊背上，作者还联想到爱国主义精神！由作者的遐想可以感受其心怀天下的博大胸襟。文章气势恢宏，充满正能量。

——江山文学网一分流水老师

净影寺里寻"净""影"

美丽的风景,似乎不是在深山老林,就是在青山秀水间。于是,每个人都会选择不同时节,飞行千里,也许是去看一场花事;乘坐高铁,也许是去赏一湖春水;自驾出行,也许是去品一栋古宅;坐上大巴,也许是去阅一寺精奇。而我们一路风尘,从天南海北相聚在河南省焦作市的净影寺,既是赶赴一场时光之约,也是寻找一段心灵原乡之旅。

净影寺深藏在有着"北方张家界,太行俏江南"美称的"峰林谷"内。这里座座孤峰秀丽挺拔,这里道道山岭姿态万千,加之有一条从群峰万壑中流出的净影河,可谓是凝聚着天地之灵气和大地山水之秀美。

如不是走进净影寺,我们很难在群峰万壑中发现它的内秀,很难体味到这里的时光这般清澈透亮,让人流连忘返;也没想到这里风物是这般郁郁葱葱,让人感觉到了世外桃源;更没想到这里的猕猴可与人嬉戏、相融相亲，无拘无束，让人感觉到"天人合一"法则的彰显。

行走在净影寺所在的峡谷，读着碑文介绍，几个关联词涌上脑海：始建于501—534年，距今已有1500余年的历史。它是中国净土宗的祖庭之一，也是著名的拳种猿仙通背拳的发祥地，这让我们从内心里对净影寺多了几分敬畏和敬仰。

藏在这深山峡谷中的一座千年名寺，为啥要取"净"与"影"二字作为寺名呢？我们在寺里寺外追寻了好久，也没有寻找到答案。还好有了景区陈主任的讲解，我们才知道"净影"之名有两种不同的说法：一种说法是源于战火。净影寺最初有古贤谷寺、景净寺、金灯寺、金门寺等多种称呼，后因战火，寺院毁损殆尽，时人深为惋惜。但每逢雾气浓重之时，附近村民常可以从废墟之上看到原来寺院的影子，因此，在重建后取名净影。而另一种说法是，"净影"之名为净心正影之意，为在这里修行的慧远大师所立，以规勉广大寺众心无杂念、潜心向佛，以期早日达到常乐我净的修行境界。

然而我听了这两种解读，似乎感到不解渴，也似乎感到失望。好在看到了中国佛教协会会长传印法师亲自题写匾额上对"净"与"影"的解读，才算心灵上得到一丝安慰。传印法师在苍劲有力兼纳乾坤的笔法中，将"净"字加为三点水，代表净影寺周围四面环山、三面绕水，是一片净化心灵之地；"寺"字不出头，代表净影寺实为净心修行的清净之地，告诫世人不要去争那一时一地之得失长短。

有了这一深层解读，我在心灵上虽然得到进一步净化，可是也想在实体上寻找到"净"与"影"的美。但在这深秋季节，怎样用图片把"净"和"影"的含义体现出来呢？作为我军著名的军事摄影家，章汉亭老师真是费尽心思。第二天一大早，他带上摄影装备，顶着寒风在净影寺的周边寻寻觅觅。功夫不负有心人，他终于在离净影寺一公里的池塘里看到了"净"与"影"的结合体。

净影寺倒映在一潭清澈透亮的水面上，那种美让人感受到这就是仙境，这就是"天人合一"的和谐美。跪拜在池塘边上连拍了数张既展现净影寺的"净"美，又彰显净影寺的"影"美的图，他激动得跳了起来。当一张张"净"与"影"的图片展现在我们面前时，我们的眼眶里也流出了激动的泪水。

摄影家用图找到了"净"与"影"，而作家怎样用文字找到"净"与"影"呢？我想，每一个人都是"净"与"影"的结合体，只是学识不一、境界不一而已。当年把"净"与"影"命为一寺寺名的人，不是一个读万卷书、行万里路的人，就是历经世事磨难、见过唐风宋雨的人，因他灵魂深处藏着一片净土，在路经此地时，被此地的景色人文触动了心弦。把"净"与"影"寄托于一寺，就是希望人间处处都是"净影"之地。而我们将心灵投宿到净影寺，不正是追寻这方净土而来的吗？

但愿每个人无论是身处都市喧扰的环境中，还是身处深山老林的静地间，都能把"净"与"影"二字留在心灵深处。

（原载于 2016 年 03 月 03 日《南方日报》）

赏析：

城市太喧嚣，寻一片静地很难，由此才有这样的说法：美丽的风景，似乎不是在深山老林，就是在青山秀水间。于是乎，很多人会选择不同时节，不辞劳累，或去看一场花事，或去赏一湖春水；有的也自驾出行，去品一栋古宅，去寻一处古迹。本文写的就是作者游览净影寺，去寻净影寺的"净"和"影"。由净影寺用"净"与"影"二字作为寺名引发思绪，既介绍了其由来，又联想到生活中的"净""影"，抒发了自己的感情。全文清新自然，有抒情、有议论、有描写，写出了真情实感，表达了自己对自然、社会、人生的感受、体验和思考。

——江山文学网一分流水老师

梦圆黄河三峡

每个人心中都有一个美好的梦。也许这个美梦，就是你想在出生之地了却一桩心愿；也许这个美梦，就是你想为蕴藏在内心深处的那朵洁净莲花，找一个适合的水塘绽放。而一个人要把梦想在自己出生的地方实现，也许需要的是一句诺言，需要的是一次践行，更需要的是一种精神。

深秋时节，当我走进人间仙境——河南省济源市的黄河三峡时，似乎感悟到了"梦想"的内涵与外延的厚重，也似乎最大的感悟就是"90后"的梦想与担当。

工作人员小曹是一名"90后"，毕业于河南省城郑州一所旅游学校。由于学识和人品出众，学校想让她留校做辅导员，而省城许多家公司也向她伸出橄榄枝。然而，她却带上男朋友，回到了生她养她的地方——黄河三峡。

她说，黄河三峡有她祖辈的印记。那年那月，没有小浪底大坝时,她的祖辈们在这个山清水秀的黄河边上过着与世事无争的田园生活。他们日出而作,日落而息。缕缕炊烟升起时,峡谷里家家户户饭菜香;红白喜事,村里个个是主人,让八方来客感受到了这里村民的好客;土匪进峡打劫时,村民一声呼喊,劫匪闻风丧胆……

心灵在穿越的她,想起父亲给她说的这些,心里充满了向往,但内心还是多了一份伤感。她说,那条有村庄的峡谷虽然被黄河淹没了,但成就了今天黄河三峡里最美的一条峡。

她说,黄河三峡见证了她父母的爱情和梦想。改革开放的春风吹进了三峡,也吹动了她父亲那颗想出去走走见世面的心。她父亲兄弟姐妹多,家里读书人也多,爷爷见她父亲块头大,就让他初中毕业后帮助家里干农活。好学的父亲心不甘,就跟着村里做红白酒席的叔叔们学起了厨艺。至18岁那年,父亲成了黄河三峡周边有名的厨师。于是,父亲就带着在大城市干一番事业的梦想来到了广东,但由于没有文凭和厨师证,只被一家小酒楼聘为副厨,给主厨打下手。

老实的父亲一边配菜、切菜,一边偷偷地跟着主厨学做粤菜。凭着扎实的底子,不到半年,父亲就熟练掌握粤菜的刀功和炒功。每天上班就知干活,下班就躲在宿舍看书的父亲,引起了同在酒楼的一女部长的关注。这部长与小曹父亲同是河南济源老乡,语言相通,加上都有初中毕业后被父母从校园拉回家做农活的经历,两人从相识、相知到了相爱。但小曹父亲没有沉迷爱的怀抱,而是在这位女部长的支持下,辞去工作,专门参加了一个粤菜厨师考证培训班。3个月的努力，当她父亲拿着厨师证向女部长表白时，这位女部长就拿出一份他们未来成家后的方案：储蓄资金，回到家乡开一家既有粤菜又有家乡菜的酒楼。

父亲被一家星级酒店录用，那名女部长也因父亲的努力，来到了这家酒店工作。两年后，他们到了谈婚论嫁时，家乡黄河三峡也被命名为"世界地质公园""国家4A级景区"。于是，他们实施了成家后的方案，回到黄河三峡，开了这一家有粤菜和当地菜的小酒楼，过着一边守望黄河三峡，一边开门做生意的美好时光。

小曹说，黄河三峡有她成长的记忆。那位酒楼的部长，就是她的亲娘，虽然文化水平不高，但心地十分善良。母亲不仅把酒楼和家庭经营得很好，而且把她也教育得有个性。母亲从小告诉她："黄河三峡诞生于远古，更美于小浪底水库建成；这里山水相融、港湾交错、高峡平湖、奇峰林立，是一幅集江南之美、水乡之秀的壮丽画卷，是世界地质公园、国家4A级景区、国家水利风景名胜区、中原四大避暑胜地之一。"所以，她从童年、少年到青年，脑海印记的是黄河三峡的美，这让她从小就喜欢这里的山山水水和条条峡谷，甚至考大学读的也是旅游专业。黄河三峡的美牢牢烙进了她的心坎。

她说，把黄河三峡推销出去是她的梦想。她虽然出生在黄河三峡，成长在黄河三峡，对黄河三峡每条峡谷、每块造型独特的石头、每一个山包都很熟悉，但她还是曾遇上尴尬的事。那是她大三那年回到黄河三峡实习，以一名导游的身份，正式迎接一批来自台湾的游客。尽管她在前一天晚上对导游词进行了温习，可是在第二天实际导游中还是发生了"状况"。"我是一名抗战老兵，记得当年这里是有人住的，现在这些人搬去了哪？这次回来，我想看一下我表弟的家，你能满足我的心愿吗？"面对一位近八旬老人的询问，小曹虽然能回答出以前这里是逢石河，两岸居住着5000余人，有8个自然村，人称北国小江南，因小浪底工程的建设，这里形成了10平方公里的湖面，改称逢石湖，但对老人说出的表弟名字及相关的人和事，她都答不上来。打电话向景区的导游老师们求助，也没能解决问题，好在她机敏，让老人留下电话。把游客送走后，她通过多方打听和寻访，终于找到了老人的表弟。她告知老人他的表弟找到了，还让其表弟与他通上了话。

老人们流着热泪相互传递相思情，这让她感受到了家国情怀，更让她坚定了一个信念：一定要回到生她养她的黄河三峡，用自己所学的导游知识，把这里遗失的人文故事找回并整理，把黄河三峡的导游词编写得更有故事性。于是，实习完回校后，她放弃了在省城工作的打算，也说服了男朋友，毕业后一同回到了黄河三峡。如今，黄河三峡导游词在她与男朋友的努力下已经编辑印发，黄河三峡中的人文故事也越传越远。

谈起未来的打算，充满希望和憧憬的小曹说，虽然回来后做了一些事，但她心中的梦想还没实现，她要用自己的笔把这里的一山、一水、一峡和发生在这里的故事编撰成导游词，让来这里的人，记住黄河三峡是天下最美的、水是最清的；也让这里的人们记住，黄河三峡是他们的家园,无论走到哪里,他们都走不出这家园的情怀。

回到广州,小曹的梦想一直在我脑海萦绕,也让我想起《你若安好,便是晴天》那首歌:

> 风若停下就是云烟
> 雨若无痕就是眷恋
> 泪若干了变成红颜
> 收不回一地的流连
> 山若无声就是诺言
> 水若倒流就是成全
> 你若安好便是晴天
> 你的脚印我的世界
> ……

保重,小曹!祝愿你的梦想早日实现。

(原载于 2016 年 02 月 25 日《南方日报》,被江山文学网评为精品)

赏析:

梦是美丽的,像一朵洁净的莲花,找到属于自己的荷塘尽情绽放。别致的语言,一下子就抓住了读者的视线。深秋时节,去仙境一样的黄河三峡,那种感觉一定独一无二。而这里有一个"90后"创业者的足迹,更加显出深情。古朴的峡谷,淳朴的村民,还有浓浓的乡情,让一个天之骄子放弃了都市的优越工作,回乡创业。这一切也是受了她勤劳能干的父亲影响,还有一位文化不高,却心地善良的娘亲,她的血脉里也传承了这样优秀的基因。把黄河三峡推销出去是她的梦想。初次导游,遇见台湾游子,经过努力她为他们重建了联系,这让她的信念更为坚定。经过她不懈的努力,三峡逐渐被更多的人知道,梦想虽然还没有实现,但是已经一步步变得更加美好。结尾用一首歌,表达出那份祝福。一篇深情唯美并存的散文,充满感染力,手法行云流水般自如。

——江山文学网申文贵老师

辑六 南粤风情

在瑶族古山寨遗址中穿行

与一座山结缘,真的不需要理由。驱车近两小时,抵达佛山市高明区明城镇泰康山时,真不知这山藏有什么宝,但一下车,一同采风的顺德区作协主席宋庆发便开玩笑地对我说:"看来只有古迹才能把你邀请来。"

这山里还藏有古迹?我带着问号坐上电瓶车继续上山。到达半山腰,见一简易的门楼上写有"古山寨"三字,我才明白宋主席先前所说的话——这山顶有一大片瑶族古山寨遗址。虽然我是苗族人,但自古"苗瑶不分家",我的心弦马上被触动,立刻用行军的速度向山顶奔去。

走近这座城堡式的古寨,寨门已掩映在树木丛中。绕道走进去,才发现别有洞天。我从遗址的布局中已读到那年那月"天人合一"的场景,以及那时那刻"沧桑伤感"的无奈……

寨子四周有坚石围垒的城墙,高四五米。寨子呈椭圆形,沿山形的高低而建。山寨设有正门处、武将住处、头人住处、议事厅、居民住处、粮食加工处、石磨、低等居民处、拴马和牲畜处。正门的碑上这样记载着：据考证，山寨占地面积约1800平方米，始建于明末，当时居住了60多户近200人，共聚居30—50年，废弃于清初。

我知道，要了解苗瑶的文化须从正门开始。只有从正门进入，才能真正穿越时空，与曾在这里生活过的瑶民对话，触摸到他们的心灵。于是，我决定从正门重新走入山寨。终于，寨子里的一幅幅生活场景扑面而来——

刚踏入正门，我仿佛看到木工正在对大门进行整修准备迎春；途经议事厅，又仿佛看到山寨头人正在安排新春活动；路过粮食加工处，寨民们正在忙着打豆腐、碾米；穿行于居民住处，寨民老少忙着贴春联；走到牲畜供养处，屠夫们正在打理一头头宰杀的"年猪"……时光仿佛真的倒回了，整个寨子里的寨民们都正在喜迎新春。从楼基、墙基等遗迹中，我看出了这山寨最原始的模样。

瑶民寨子因地制宜而建，有"半边楼、全楼、四合院"之分。我想，能在这山顶较平坦的地面上接连修建这么多幢"全楼"，而且中间留有一大块方形空地庭院，形成了"四合院"式的城堡规模，最关键还有武将居住处，这里肯定是瑶族富裕人家或是一个大家族的居所。我的判断随即在泰康山景区导游的详细介绍中得到了验证。

再次回到寨子的正门时，我仿佛又听到了唢呐声、锣鼓声和连绵不断的鞭炮声及土炮声，还有那男女对唱山歌之声。这道门其实也是礼仪之门,寨子里男娶女嫁,迎亲和送亲都必经此门;寨子里老人高寿,这又是拜寿贺寿之门;寨子里举行山歌会,这还是男女对歌的过关之门……走出这道门,我又行走在羊肠小道上。当年瑶民们正是沿着这条小路走出大山,走亲访友,背粮、挑水。我的耳畔仿佛响起汉瑶两族儿女相邀山间对唱山歌的声音,我感受到他们的快乐,同时似乎也感受到当年的战乱让他们背井离乡时的种种痛楚与无奈。

缆车把我从山顶送到山下的停车处,我才终于从穿越中回过神来。回头望,遥远处的瑶寨遗址如今已成为占地约4276亩的泰康山生态旅游度假区,是最让游客遐想的景点,成为一种诗与远方的代表。但我的思绪仍停留在当年瑶民的隐世生活中,他们选择在大山深处的山顶居住,也许是为了躲避战火,也许图的就是一份安静、一份惬意吧?

看来,还是先人有远见。

(原载于2019年09月01日《羊城晚报》,入选高中语文课本并成为考试题)

嫁给剪纸的女人

这个女子,纤纤玉手,写过小说、散文、诗歌;

这个女子,瘦小身子,剪过花草、人文、百态;

这个女子,外柔内刚,绘过青山、绿水、苗寨。

这个女子叫何丹凤,是一个来自广州增城的普通女子,是一个集写、剪、绘才艺于一身的女艺术家。

认识她,缘于她参加了我组织的两次苗乡城步采风。

苗乡湖南城步县的十万古田,千年苔藓的形态,被她用一张红纸剪得栩栩如生,惹得守田人老易当作宝贵收藏。

苗乡湖南城步县的深山老林,她用巧手剪出了青钱柳一年四季不同的模样,让大山深处的老农赞她是"神"。

苗乡湖南城步县的苗寨吊脚楼,她用妙笔活生生绘出的《吊脚人家》,得到画界大咖们的高度称赞,说她接了地气。

苗乡湖南城步县的山山水水,成为她诗行里的百转千回、人生况味,她的作品《天下城步》在《苗岭文艺》刊发后,当地作家无不为她竖拇指。

何丹凤是时间观念特别强的人,她几乎嫁给了文学、绘画和剪纸,在创作、培养下一代及公益活动上奉献了所有的时间。

采风归来后这几年,见她的次数越来越少。偶尔一见,都是她调了课期。她说她在增城区文化馆、少年宫、挂绿小学、菊泉中学、甘泉小学、黄埔区少年宫、新港小学等多个社区、学校、文化机构举办剪纸教学讲座,免费传授剪纸技艺。

大家见她的电话不断,便追问她怎么回事。她说是她培养的学生从国内外打来,一是向她报作品获奖的喜,二是向她表示问候。

说者无心,听者有意,我便在百度上搜索她的名字,才得知她这几年硕果累累:

2013年,学生作品参加全国第八届生肖(蛇年)个性化邮票青少年设计大赛,获得广州市金奖、银奖;2014年学生作品获广东省生肖(甲午年)个性化邮票青少年设计大赛纪念奖;2015年学生参加广府达人赛获得季军和网络投票第一名的双项奖。

2015年12月,她被共青团广州市委员会、广州市教育局、少先队广州市工作委员会评为2014—2015年度"广州市优秀少先队辅导员"。同月,她担任广东省第三届少儿模特大赛增城赛区总决赛评委。

至于2015年广州马拉松赛组委会特邀她剪纸创作,我了解一些其中的创作艰辛。15天时间,创作者从不同角度剪出广州马拉松赛的精、气、神，对她这个从未涉足体育题材创作的艺术家来说，这既是挑战，也是动力。15个不眠之夜，30幅剪纸作品一经展出，获得广大跑者的认同，也被广州马拉松赛组委会收藏。

至于2016年8月剪纸作品《天使》《青花瓷》参加由广东省人民政府文史研究馆、广州购书中心主办的"岭南民间艺术展演和体验"，同年9月作品《天山情》入选新疆"天山情"全国剪纸艺术邀请赛，10月作品《娘亲》参加第二届广东省剪纸艺术作品展，这些都是我从她的微信朋友圈获知的。

从认识她那一天起，我始终坚信这个嫁给剪纸艺术的女人，创作道路会越来越宽广，创作成就会越来越高。这不，她在2016年文化部非遗司举办的中国传统工艺（剪纸）大赛中获银剪子奖和剪纸全国现场赛唯一优秀奖，成为广东省唯一获得这两项国家级奖项的剪纸艺术家。她还出版了长篇剪纸绘本小说《青花镯》、剪纸绘本诗集《生命中的一曲悠扬》等。这一年，她被广州市精神文明建设委员会办公室、增城区精神文明建设委员会办公室评选为"广州好人""增城好人""年度十佳增城好人"。

虽名气提升，但她坚守着自己的底线和原则，坚持着自身对剪纸艺术的追求。2016年，她带学生参加国内最高规格儿童剪纸大型赛事——第三届全国儿童剪纸大赛，获得了金、银、铜及优秀奖，让全国业界对广东省的剪纸教学大加称赞。随后，她受国际经济学商学学生联合会（AIESEC）广东省财经大学拓展分会的邀请进行剪纸教学，把中国的传统文化、本土的民俗民情和大美风光传播到世界各地。她创作的多幅作品由中国人民对外友好协会及相关机构带到斯里兰卡、英国、俄罗斯、新加坡、法国等国家进行文化交流。其中《广州马拉松》被雅典马拉松博物馆收藏。这是世界上历史最悠久的马拉松博物馆首次收藏中国艺术家创作的马拉松主题剪纸作品。

2017年才过去不到4个月,她就受邀到南京师范大学附属中学江宁分校(南京大学文化与自然遗产研究所和中国大众文化学会科研与教育中心非遗教育实验基地),为该校师生进行为期一个月的全脱稿高难度的剪纸教学;受邀到广东省科技图书馆(广东省科技信息与发展战略研究所)一楼学术报告厅进行剪纸教学。最近,她被《广州日报社区报》特聘为公益艺术顾问团老师。

何丹凤,这个嫁给剪纸艺术、嫁给文学艺术的女人,真的嫁得有品位!

(原载于2017年05月21日《南方日报》)

赏析:

"这个女子,纤纤玉手,写过小说、散文、诗歌;这个女子,瘦小身子,剪过花草、人文、百态;这个女子,外柔内刚,绘过青山、绿水、苗寨。这个女子叫何丹凤,是一个来自广州增城的普通女子,是一个集写、剪、绘才艺于一身的女艺术家。"剪纸是一门民间艺术,凝聚了多少人的智慧;用优美的图案、细致的功夫赢得了多少人的赞叹。这位蕙质兰心的女子用会写文章的巧手剪出的剪纸，充满艺术的美感，带来心灵的震撼。愿这种剪纸艺术一直流传下去，并且发扬光大。文章感情真挚，笔触细腻，读来格外感动。文笔流畅，语言充满感染力。描写生动，意境优美。

——江山文学网申文贵老师

印象溪头

文友挂职从化区良口镇溪头村,多次邀我去这个"广州最美乡村"体验体验。而我因公务在身,至今未能成行。

然而,溪头村就像住进了我的心房。就如同初恋的男人想念他远方的心上人似的,脑海里浮现的、心里念叨的、纸上写着的,都是她纯朴的、微笑的、柔柔的、诗情的模样……

其实,我曾三次去过溪头村,两次是公务,一次是徒步。公务时走过的是狭义的小溪头,而徒步穿越的是广义的大溪头。

印象里的小溪头,是一个四面翠竹围绕和一条小溪环抱着的小村,村中房屋最高也不过三层。村里有一条古巷,青石板铺就的路,虽还保持着纯朴的原味,但巷内店铺林立,已充满了浓厚的商业氛围。而挂有"农家乐"字样的那一栋栋靠近公路的独门小院,小楼前和学校篮球场上停满的轿车,还有村委会门上悬挂的荣誉牌,似乎在告诉人们这个村已成旅游村,而且不是一般的旅游村,是冠有

"广东省"三字的"最美乡村"。不就是占有了流溪河的源头资源？不就是有一片像苏家围那样历经百年的小建筑群？我那时对其有些不以为意。

然而，当我徒步穿越了从化的影村、桥头、茅坪、锦村、瑶老社、阿婆六、溪头村、下溪村、古田村等村后，我才知道自己的认识出错了，才知道广义上的从化影古线步道的风景如此美丽。于是，我带着认错的歉意一路在体悟她的味道……

进入溪头，溪水透亮，竹海青翠，走在清净的羊肠小道上，我触景生情，想起了齐豫演唱的那首《乡间的小路》，想起了杨钰莹演唱的《林中的小路》，由此想起儿时在苗家山寨大山里放牛的日子，想起了那对对情侣在羊肠山道上对山歌的情景，那惬意、那况味仿佛就发生在昨天……

置身海拔600米的阿婆六村，才知道这是广州人居海拔最高的自然村。那天在山上的农庄里，品了一味叫本地冬笋炒腊肉的菜，既让我品到了泥土的芳香，又让我体验到了原生态的美。那香、那脆、那纯朴的味道，让我在沿途翻越多个小山头后还回味无穷。这也许是我怀旧意识太强了，也许是农民的根在我脑海扎得太深……

风穿过树林、穿过竹林，让我想起了当年没有公路，靠肩膀把自家种植的山货挑出去换回生活用品的前辈们。我仿佛看到了他们汗流如注的脸颊，敏捷如兔的脚步；看到他们挑着沉重担子攀越山坡、穿过山路、走出大山的自信；看到他们换回盐、糖、米、肉等生活物资时的微笑……而今公路通了，大溪头中的三华李、翠竹等农产品，一成熟就成了商贩紧追的"香饽饽"，让大溪头的农民不仅修起了洋楼，而且出山门也开上了屁股冒烟的汽车。这条过去农民出山的山路，如今成为城里人休闲徒步的好去处。那沿途的村庄、果园、菜地、山林和屋前屋后的走地鸡鸭，也成为休闲徒步人们眼里的一道道独特风景线……

徒步影古线，寻一路小桥流水人家，品一路漫山遍野的竹海，享一路山村古朴的生态，听一路土鸡吟唱的歌谣，唱着《乡间的小路》，我仿佛醉在了大溪头的山水风情里……

（原载于2016年08月04日《南方日报》）

赏析：

作者通过三次游溪头村而有所悟，前两次眼界狭隘，只以为溪头村是像苏家围那样历经百年的小建筑群，而第三次的徒步，改变了作者对溪头村的看法。那溪头村原汁原味的风景，让作者陶醉。那香、那脆、那纯朴的味道，让作者回忆起当年挑山货换生活用品的前辈们。公路进村后，住在大溪头的人民靠着自家农产品发家致富，生活有所改善。溪头村里的一切也都成了休闲徒步人们眼里的一道道独特风景线。本文内容精简，不仅介绍了溪头村原汁原味的美，也对比过往与今朝的生活，更抒发了作者那悠闲的情怀。

——江山文学网零余者老师

融 合

  人的一生，总是要路过许多明净的风景，总是要被一段段经典的故事打动，总是要因一处处美丽的景点而痴迷。匆匆地赶赴，逶迤地行走，我在广州市从化区吕田镇莲麻村的"东江纵队"红色路上读到了"融合"的魅力。

  2017年全国群众登山健身大会，是第三届广州户外运动节的重头戏，也是国家体育总局登山运动管理中心、中国登山协会、从化区人民政府和广州市体育总会共同打造的一张国字号的名片。今年的登山健身线路就安排在当年"东江纵队"战斗生活过的从化区吕田镇莲麻村。

  有时，有一种冲动叫感受；有时，有一种激动叫体验；有时，有一种品味叫不忘初心。为感受组委会精心打造这条"东江纵队"红色之路的用意，追寻当年在这里战斗生活过的"东江纵队"前辈们的足迹，体味"体育+旅游"深度融合带动农民致富的喜悦，领悟全民健身与全民健康深度融合工作给群众带来的好处，在组委会的组织下，我走进了广州市从化区吕田镇莲麻村，行走在当年"东江纵队"所走过的红色之路上。

　　行走在这条红色之路上，我感受到了组委会在"融合"方面做的大文章。"全民健身促健康，同心共筑中国梦"，主题融合了党的十九大精神，也融合了民心所向。而路线的融合更是具有历史意义。工作人员告诉我，为在路线上实现不忘初心与牢记使命的深度融合、全民健身与全民健康的深度融合、"体育+旅游"的深度融合，广州市群众体育指导中心、从化区文广新局、吕田镇政府等相关部门真是费尽心思，多次开会讨论，多次实地勘察，最终选定了莲麻这条"东江纵队"红色之路。线路既满足人民群众登山对于自然风光的需求，也能让人民群众置身其中接受到爱国主义和革命光荣传统教育，并铭记革命成功来之不易，从而不忘初心、牢记使命，发扬光荣传统，为全面建设社会主义现代化国家作出贡献。

　　行走在"东江纵队"红色之路上，我仿佛看到当年"东江纵队"在这里战斗生活中抓"融合"的场景。战斗中，他们把当地的老百姓当靠山，兵源不足，当地热血青年来补充；保障供应不上，当地老百姓冒着枪林弹雨穿行于战场与后方之间，形成一幅军民一同杀敌的"融合"图。生活中，他们把当地的老百姓当父母、当亲人对待，尊老爱幼，嘘寒问暖，帮扶群众，军民鱼水情深似海。部队转移时，那父送子、妻送郎、兄送弟、兄弟一齐上战场等场景，至今还在纪念馆里呈现。"融合"二字，让"东江纵队"打赢了一场又一场仗,也让后人读懂了"融合"的力量。

行走在"东江纵队"红色之路上,无论是在富有诗情画意的音乐谷,还是在千年古官道之间;无论是走过莲麻酒坊,细嗅到了美酒的醇香,还是经过风雨桥,体味小桥、流水、人家的仙境,"融合"无处不在。当我踏着革命先烈的脚印,途经瓜棚架、花海、百年名树中华锥、东江纵队黄沙坑留影墙、光裕第东江纵队纪念馆、黄沙坑革命旧址纪念馆等红色特色景点时,我那根紧绷的爱国心弦好像被一个个动人的爱国故事不停地拨响。此时,我不经意间已被这条既有群山环绕、树木葱茏、古朴纯粹的自然风光,又有爱国主义教育基地和革命传统教育基地的情怀独特的登山健身路线"融合"了。

"融合"让一个古村得到保护,"融合"让一段历史得到留存,"融合"让来过的人心灵得到洗涤,"融合"让"体育+旅游"带动一方水土得以全面发展。

17.8公里的挑战线路,4.2公里的体验线路,线路虽不长,但融合的内容相当丰厚,它融合了古村落、古建筑、古遗址、古驿道等岭南特色文化,它整合利用了自然山体、户外健身基地、自然景观,它融合了"保护、开发、扶贫、健身、健康"等理念,它融合了从化人民通过国家级登山健身步道举办山地越野挑战赛、露营大会、徒步大会等户外休闲运动,推动从化创建"全国登山户外产业示范区",将从化打造成知名户外体育旅游目的地的重任。

努力,从化!

(原载于2018年04月21日《南方日报》)

从化有个开山节

那天,广州市从化区登山协会曾满会长给我发来微信,邀请我参加从化区首届开山节。

我知道,从化属于半山区,户外运动条件十分优越。东北部以山地、丘陵为主,中南部以丘陵、谷地为主,西部以丘陵、台地为主。从化拥有180多亩青山,森林覆盖率达68.9%。广州市有11座海拔千米以上的高山,其中有10座就在从化区境内。从化是珠三角天然的户外运动场。这两年,我也多次登过天堂顶和穿越过阿婆六山,徒步过从化新建成的水上绿道和流溪绿道部分路段,试走过新建成的60公里国家登山健身步道。随着徒步、溯溪、露营、漂流等休闲运动的不断发展,从化吸引了无数珠三角乃至全国各地的户外运动爱好者。

总面积2009平方公里、人口约63万的从化区,是广州北部重要的自然生态屏障,是全国著名的荔枝之乡和温泉旅游胜地,素有北回归线上的绿洲和珠三角最宜居生态城市的美誉。从化文化底蕴深厚，著名的广裕祠古建筑获得了联合国授予的文化遗产保护奖。特色农产品从化荔枝蜜和钱岗糯米糍荔枝获批准为国家地理标志保护产品。从化还拥有流溪河国家森林公园、石门国家森林公园、国家登山健身步道等多个国字号的品牌。

　　从化区登山协会选择这个季节办开山节寓意很深，因为开山节就如同开耕节、开渔节一样，有预告提示的作用。它将告诉人们：秋天来了，天气转凉了，户外运动季节到了，可以爬山了。告诉人们：要利用好这一好时节，锻炼身体，融入大自然，享受大自然。选择在五指山景区举办，用意更为深远。主要是该山东与龙门毗邻，南与温泉相接，西与佛冈交界，北与流溪河林、黄龙林相连，生态环境优美。区内有奇峰石景、森林湖泊、瀑布深潭、天梯云雾、山岩温泉、峡谷溪涧，是集山、水、潭、石、声、云于一体，汇险、秀、幽、异、美、奇于一区的好去处。如今区内这条徒步路径落差逾千米，长度相当于半程马拉松，既能满足市民康养或者攀登广州高峰山岳的挑战欲望，又能让参与者全程尽赏流溪河的湖岛风光。

　　新的时期，从化将充分发挥"世界珍稀温泉"和香港赛马会从化马场的品牌优势，挖掘古村落、古建筑、古遗址、古驿道等岭南特色文化资源，整合利用自然山体、户外健身基地、自然景观，通过国家级登山健身步道举办山地越野挑战赛、露营大会、徒步大会等户外休闲运动，推动从化创建"全国登山户外产业示范区"，将从化打造成知名户外体育旅游目的地。

大美从化,人文从化,她已是体育健身产业发展中的一道亮丽风景线。

(原载于 2018 年 10 月 11 日《南方日报》)

我恋上了那琴半岛的奇石秀山

不知是军旅生涯中那与海纠缠近 20 年的情结，还是受金庸先生笔下那山、那岛风情的影响；不知是离开海的日子久了那种莫名恋旧的缘由，还是受汹涌波涛撞击礁石那一精彩瞬间震撼的缘故；总之，自踏进广东省台山市北陡镇那琴半岛地质海洋公园的那一刻起，我就有了为她写一篇美文的冲动。回广州多月后，心儿仍牵挂那琴半岛地质海洋公园的环岛栈道。

是心被那琴半岛的湛蓝海水迷住了吗？是情被那琴半岛的柔情海风困住了吗？还是身被那琴半岛的奇石秀山吸住了？……也许是礁石与浪波的深情亲吻，也许是自己与海浪的肌肤相亲，也许是心融入了这海，与这石产生了共鸣……

一切的情愫，用语言无法说得清楚；一切的禅意，用文字无法表述准确。我明白，我已恋上了那琴半岛地质海洋公园的一山一石一海了……

那天，我沿着环岛观海栈道行走，放眼海面，仿佛看到那一排排翻滚的浪花里有一群白海豚向我涌来；

那天，我爬上山腰，融入石林环抱的优美自然环境，仿佛看到镇海神狮、望月灵兔、望海仙猴等动物就在自己身旁；

那天，我仿佛来到了圣托里尼岛，湛蓝清澈的大海，纯美诗意的蓝白建筑，让我置身于童话世界，好像到了"希腊"似的。

那天，我闯进了大海，仿佛看到一场盛大的婚宴就在这一海域浪漫落幕，新郎新娘正深情款款向洞房走来；

那天，我登上了山顶，仿佛走进了人间仙境，看到了弯曲海湾里的风情万种，一对对恋人在沙滩来回漫步，恩爱缠绵；

那天，我坐在桌子石上，见一群中老年人正悠然地剑舞海天间，还有那一家三口其乐融融地把日出最美的时光收入镜头；

那天，我时而卧沙浴日，体验阳光渗透身体的那种惬意；时而击浪浴海，感受与大海合二为一的独特魅力；

那天，我一睹了海上落日的壮观，也享受了驻礁垂钓、刨沙捉蟹、戏水拾贝的浪漫情趣。

……

6000多米长的浪漫海岸线，5个明净绝美的海滩，3.2公里的环岛木栈道，蔚蓝与洁白互相掩映，蓝天、大海、奇石融为一体，那份惬意，那份情怀，只有亲历过的人才能体味。

置身于那琴半岛地质海洋公园，我真的要为发现和开发这里的建设者们点赞，是你们独具慧眼，让半岛风光和秀美奇石呈现在人们的面前；是你们大胆想象，让那琴半岛上的一切显得那么高贵淡雅；是你们精心布局，让半岛风光赛过了希腊的圣托里尼岛。

千万年的地壳变化，千万年的海风侵蚀，千万年的海水撞击，让我从那琴半岛奇石风光中，读到了"中国海上石林"荣称的厚重；从蓝天、大海、奇石融为一体中，品味到了啥叫露天地质海洋博物馆；从普及地质海洋知识中，体味到了咱们国家的地大物博。

那琴半岛地质海洋公园，这回，我真的与奇石秀山恋上了。

（原载于2017年08月24日《南方日报》）

赏析：

那琴半岛，充满诗意的名字，让读者眼前一亮。唯美的文笔将那些秀丽的风景详细刻画出来，如同一幅美好的图画，充满美感，引起读者的向往。好想去那里看看，去感受蓝天、大海、奇石融为一体的奇妙风光！祖国山水的魅力展现得淋漓尽致，让读者沉醉在这份独特的美中。文笔流畅，语言清新自然，词句斟酌到位，很有感染力。好作品，层次分明，脉络清晰。

——江山文学网申文贵老师

把心放飞浪琴湾

10多年前,忙于军事记者任务的我错过了浪琴湾,只在脑海中留下了模糊的印象。今年"五一"节前两天,不知是海的呼唤、云的招手,还是"Dream Fly"飞行文化节在浪琴湾举行的吸引,让我注定与浪琴湾牵手,把心灵放飞在这诗情画意的海湾。

浪琴湾是一处风景迷人的海湾。它坐落在广东省台山市北陡镇南部。这里的海湾有2公里长,这里的沙滩宽广平缓,这里的沙粒非常纯净,这里的海水洁净透亮,这里是人间天堂,这里是人人向往的"面朝大海,春暖花开"的地方。

浪琴湾的地名源于一个民间故事。传说,这里曾有对叫阿浪和阿琴的青年夫妇,虽然贫穷,但感情很好。村里有个地主容老爷看上了美丽善良的阿琴,便让家丁上门向阿浪催债。阿浪夫妇无钱还债,被告知如果半个月内交不齐债款,容老爷就要抓阿琴到他家去作抵债的丫鬟。为凑足债款,阿浪驾船出海了。可惜没到三天,海上便刮起了台风,阿浪连人带船不幸被风浪吞没。守望大海、一直等待的阿琴,看不到阿浪驾船归来的踪影,最后化成一块石头,永远立在海边。于是,后人就把此地取名为"浪琴湾"。如今,在西边岬角处,有一块凸起的形似少女头部的石头,正向着大海张望,这就是有名的景点"阿琴望海"。

抵达浪琴湾的晚上,我被网上的一段文字所吸引:"浪琴湾一年四季景色都在变化:春天,海雾笼罩,轻柔缥缈,这时漫步海滩,如同置身于琼阁仙山;夏天,烈日当空,银光耀眼,这时在此拍水击浪,真可谓心胸畅快;秋天,海风习习,清爽宜人,这时驾船出海,顿觉天地为之一阔;冬天,滩头排浪撞岸,听若雷霆,视如飞瀑……"这些独特韵味,让我在起伏的涛声中回味入眠。

第二天,我与妻起了大早,专门想体味一下初夏时节浪琴湾的日出盛况,但还是晚了一些,不过不后悔。虽然没见到太阳浮出海平线那一精彩的瞬间,但是我们见到的太阳在海平面上10米左右,把浪琴湾映照得火红,给一波接一波的海浪镀上了金边。我见到了浪花打在礁石上,被红火的阳光映照,给岸滩礁石披了红白衣裳的情景。我用手机记录了这人间的大美,我用心感受这自然的风韵,我用目光审视这一方心灵的海湾……

阳光、沙滩、礁石、露营的帐篷,那走在沙滩上的一对对情侣,那大手牵着小手的一家三口,告诉我随着沿海高速公路开通后,这里独特的自然风光吸引了来自八方的游客。

上午10时30分,第二届"Dream Fly"飞行文化节在这里隆重举行。2架动力三角翼和5架动力伞腾空而起,掠过海面,飞上天空,绕高山石,吸引户外爱好者和游客纷纷拿起相机、摄像机、手机。

我从朋友口中获悉,这个飞行文化节由珠海营火旅游和浪琴湾度假村联合主办,是结合这里天然的海洋沙滩资源,把低空飞行运动融入海湾旅游观光而受游客欢迎的项目。主办以来,已吸引不少旅客来这里体验放飞。

为详细了解这个低空飞行项目,我专门请教了珠海营火旅游负责人张宏。张宏告诉我,参与、推动低空飞行运动在中国的开展,是他们应尽的责任;在浪琴湾把低空飞行运动与海滨旅游进行完美的嫁接,是成功的尝试,也让游客们体验到了低空飞行的刺激与完美,相信这个项目会成为海滨旅游一道亮丽风景线。

我也相信,浪琴湾能珍藏住一湾蔚蓝海湾的纯净,也一定会珍藏住低空运动这一高雅的幸福。

每个人都有放飞梦想的那一天,也许某一天就是你乘坐动力三角翼,飞上天空,俯瞰海面,把海滨风光收入镜头,把波涛浪谷踩于脚下。听风在耳畔呼啸,看海在脚下翻腾,而跳动的心就与海鸥一同飞翔……

来吧,把心放飞浪琴湾。

(原载于2017年10月19日《南方日报》)

赏析：

浪琴湾，充满诗意的名字，让人心生向往，产生无尽的遐想。跟着作者细腻的笔触感受一下那份诗情画意，那份动人心魄的美。唯美的风光在笔下散发艺术的光泽，感动读者。读万卷书，行万里路，这样的生活丰满充实，更加有意义。

——江山文学网申文贵老师

开在田埂上的墟日

那一年春天，我驱车前往广州市花都区梯面镇的红山村，只为看一眼这个村在油菜花开满田园时的艳丽；

那一年秋天，我乘车来到红山村，只为看一眼这个村在没有油菜花时的宁静；

今年夏天，我再次乘车进入红山村，只为看一眼这个村闲余文体生活的那份惬意。

三次无意间的闯入，留存在脑海里的还是油菜花开时，那百亩花海里涌动的人流，那堆满田埂的番薯、芋头、甘蔗等的泥土香，那售卖自制蜂蜜糖、艾叶糍粑、野生甜笋和竹器品、木制品时的吆喝声。

当地人把在田埂上赶集的情景叫作"红山墟日"。说起这个"红山墟日"的来历，这里的村民讲起来一场特大水灾。

1997年5月8日，梯面镇发生了突如其来的特大水灾，红山村成为受影响最重的灾区。山体滑坡,房屋倒塌,良田淹没,已经在富裕路上奔跑的红山村,被一场水灾冲刷得千疮百孔。

原来,红山村的泥土非常适合做瓷器。当时的村委和村民为了尽快走上富裕路,便与瓷器厂老板和公司签了合同。于是乎,挖瓷泥成了红山村的支柱产业。

生态环境破坏了,灾难就来了。痛定思痛,村委会在灾后积极响应上级要求,关闭了村里所有的泥石场。困难面前,村"两委"班子结合本村实际,因地制宜,积极发展乡村生态旅游,壮大集体经济。

2006年,红山村开始建设"社会主义新农村";2012年,建设广州市美丽乡村;2013年,成功创建了国家3A级旅游景区。

乡村生态旅游的地位巩固,百亩油菜花田观光、仿古水车、石上背瀑布、山顶公园、盘古遗庙等一大批景点建成,成为旅客点赞最多的好去处。

随着游客的不断增多,红山村"两委"班子把目光放在了本村农产品的开发上。村民们把溪堤和田埂利用起来,开辟了集购农产品、品农家小吃、赏农家手工品于一体的"红山墟日"。

墟日逢周六、周日和节假日开,既满足了游客在墟市里看风景的需求,又满足了游客买到地道农产品的心理,还解决了村民的农产品销售问题、就业问题、创收问题。

观念一变天地新。旅游景点、文化遗迹、自然村落、户外运动场所、农家乐和农业产业基地串联起来了,符合国家标准的20公里登山健身步道打造起来了,红山村新的发展机遇到来了。

春天,去红山村赏油菜花;夏天,去红山村避暑、度假、品美食;秋天,去红山村一览满村红树叶;冬天,去红山村徒步登山,把村景收入镜头……

相信,这个只有14.3平方公里,有6个自然村和9个经济社,总户数298户,户籍人口1161人的红山村,集体经济很快会走出当前工业用地出租、厂房出租、林地出租为主的困局。把国家3A级旅游景区、全国文明村、中国乡村旅游模范村、广东省宜居示范村庄、广东省卫生村、广东省健康促进示范村、广州市美丽乡村、广州市观光休闲农业示范村、广州市最美乡村等品牌擦得更亮。

加油,红山村!

赏析:

三次光顾,这个充满传奇的小村露出了冰山一角。曾经为了增加收入,大量挖取泥土,造成环境破坏、生态失衡,遭到了大自然的惩罚。痛定思痛之后,调整了方向,进行了改革,终于成功创建了国家3A级旅游景区。从此小村开始走得脚步铿锵,越来越兴旺。"观念一变天地新",点题之笔,为文章增色。好作品,充满感染力,描写生动,内容丰满,热情洋溢,感动读者。

——江山文学网申文贵老师

辑七 体育情结

"奔跑中国"带我跑进人民大会堂

真没想到今年春夏相交,我又与阔别多年的首都北京重逢,有幸随着"奔跑中国"跑进了人民大会堂,参加由中国田径协会和中央电视台体育频道联合在这里隆重举行的"奔跑中国"马拉松系列赛启动仪式。

抵达北京的第二天,收到中国田径协会和中央电视台体育频道联合印制的邀请函和印有人民大会堂的请柬,我既为自己能进入人民大会堂见证这一幸福时刻而高兴,也为自己能代表广州马拉松赛组委会参加这一盛大仪式而自豪。

我知道,广州马拉松赛能入选"奔跑中国"系列赛来之不易。这是组委会在办赛模式、医疗保障、媒体宣传、赛事服务等方面创下了多个"中国第一个"得来的:第一个通过产权交易所平台挂牌选定市场开发和赛事运行服务合作方、第一个创设全国马拉松赛心血管专家骑行移动医疗救护队、第一个开创国内马拉松央视直播"海陆空"全维度模式、第一个为广马选手推出"畅游广州专享礼遇"……这些创举，让年轻的广州马拉松赛得到世人称赞，并进入了国内最具传播影响力赛事前三名。

带着敬重的心情走进了人民大会堂，那庄重的门楼，那挺立的哨兵，让我从中品读到了"奔跑中国"的高度。

置身"奔跑中国"启动仪式现场，我被那四大鲜明主题的内涵与外延震撼："红色之旅"代表着创业奋斗、不忘初心的信仰情怀；"改革开放"代表锐意创新、包容自强的创新精神；"生态升级"体现了持续健康、生生不息的发展理念；"一带一路"则展现出大国崛起、厚积薄发的民族自信。四大主题承载了中华民族的优秀品质，展现了中华民族可贵的民族精神，传递了当代中国体育参与者的强劲声音，让我听后启示多多，心潮澎湃。

置身"奔跑中国"启动仪式现场，我为今年两大主题系列赛的时间安排点赞：今年上半年，红色之旅主题赛，在上海、遵义、延安、吉林、北京、南昌等地举办，将党和国家发展中有重要意义的城市彰显；今年下半年，改革开放主题赛，在广州、深圳、西安、杭州等地举办，将锐意创新、敢为人先的精神凸显。我从中了解到"奔跑中国"的使命，那就是用亿万民众奔跑的脚步，丈量国之势能，展现国之气魄。

置身"奔跑中国"启动仪式现场，我为中央电视台强化健康中国主题、讲述中国故事、传播中国影响力等创意竖起大拇指。讲红色之旅主题的城市故事，既讲城市的发展历史，也讲红色基因、革命烈士、典型人物，更讲革命精神的传承；讲改革开放主题，既讲城市的发展思路，也讲改革开放的伟大成就，更讲全面建成小康社会决胜阶段的奋斗故事。我体味到了"奔跑中国"的热度，从国家战略和群众需要的角度切入，站在政治和社会发展的高度，将传统的马拉松项目与电视节目有机地结合起来，将全民健身和全民健康与全民小康进行了深度融合。

"奔跑中国"，跑出了中国特色，跑出了大国情怀。我坚信，在这种浓厚的氛围中，年轻的广州马拉松赛会更魅力四射，国际视野、中国特色、岭南风采和广府文化会融合得更有韵味。

（原载于2017年06月22日《南方日报》，被江山文学网评为精品文章）

赏析：

能够来到首都，来到祖国的政治文化中心，是一件令人欣喜、值得骄傲的事情。能够参加这样高档次的盛会，实在令人羡慕。与凤凰同行，必是俊鸟。这样的盛会被详细描述出来，让读者也跟着一起激动，一起欢呼，一起感受那份扑面而来的火热气息，是一件值得庆祝的大事情。文笔流畅，语言充满感染力，词句优美，意境深远。热情洋溢，描写生动，能够引起读者的共鸣。

——江山文学网申文贵老师

留存在金砖国家运动会里的友谊事

7年前,第十六届亚运会的圣火在广州点燃,世界媒体纷纷撰文称赞,广州国际影响力不断攀升。

7年后,金砖国家运动会选择在广州举行,国际媒体再度撰文点赞,广州成为金砖国家友谊的桥梁。

金砖国家运动会虽然在广州完美落幕多天,但大赛留下来的故事,特别是有关友谊的故事,仍被人们津津乐道,媒体还在追述报道,那情、那景、那事仿佛就发生在昨天……

金砖国家运动会选择了广州,是有缘由的。

打开中国体育版图,广州地理位置特殊,欧美体育运动最早从这里登陆。

广州,体育文化底蕴深厚,成功举办了两届全运会和2010年亚运会,场馆资源丰富,办赛团队经验丰富。

广州,"海上丝绸之路"的起点之一、全国改革开放的前沿地、岭南文化的中心地。

广州人民，开放、担当、包容、务实的个性，世人皆知。

金砖国家运动会是体育文化交流的平台。今年是金砖国家第二个十年的开局之年。

10年来，金砖国家之间各领域的合作不断稳步推进，经济增长已成为带动世界经济发展的重要引擎。而金砖国家运动会的举行，更让金砖各国之间的体育文化交流深度融合，金砖合作的成色更足，分量更重，根基更牢固。

金砖国家运动会在广州成功举办，不仅为金砖国家合作交流增添了亮点，而且架起了一座金砖国家各参赛体育代表团在友好氛围里切磋技艺、交流感情的重要桥梁，共同构建了金砖国家的"体育朋友圈"。同时，金砖国家运动会让广州这座有着2200多年历史、处于改革开放最前沿的体育之城，焕发出新的生机，朝着国际体育名城大步迈进。

金砖国家运动会虽然赛事只设了男子篮球、女子排球和武术三个大项，来自巴西、俄罗斯、印度、南非和中国的参赛运动员也只有近300名，但金砖国家运动会在参赛各国运动员、教练员心中的地位是崇高而神圣的。

武术项目虽然比赛只有一天半时间，但留存在广州体育职业技术学院体育馆的人和事，至今令人难忘。那天，我在混合采访区见到了今年25岁的巴西武术女运动员希尔瓦·桑托斯。她说她与中国非常有缘。早在4年前，她和教练纳西门托·席尔瓦就来过中国，并曾在安徽合肥进行过为期一个月的武术训练。这次来广州参赛，她既有了精彩表现，也有了交流学习的心得，更对广州这座城市的美有了新的认识。纳西门托在场补充说，她十分珍惜这次带运动员来中国与高手们过招的机会，做到每场赛事都看、每场赛事都有笔记和录像，为的就是带回去让巴西国内不同层次的运动员都来学习。从她们的话语中我感到，武术是一门共通的语言，只有经常较量、经常交流，这门"语言"才能具有价值，金砖国家运动会为她们搭建了交流学习的平台。

　　带着"友谊第一、比赛第二"目的而来的南非女排教练库柏萨米，在广州体育学院接受媒体采访时也认同这一观点。金砖国家运动会首轮女子排球比赛，南非女排因技术悬殊太大，大比分输给了俄罗斯女排，但库柏萨米认为，这是一次非常难得的与高手交流的机会。南非女排在非洲国家是强队，平常参加比赛遇到的对手也仅限于非洲国家的队伍，很少有机会能在这种高水平的赛事上与非洲之外的对手交手。库柏萨米非常感谢中国组织了这次金砖国家运动会，也非常珍惜这个交流平台带来的学习机会。而连续三场分别战胜南非、巴西、中国女排，直升冠军宝座的俄罗斯女排教练潘科夫，专门在赛后新闻发布会上表达了自己的心声。他说，俄罗斯女排能展现自己的风采，夺得本次盛会的冠军，得益于中国举办金砖国家运动会，得益于广州提供了一流的赛事组织、一流的场地安排、一流的服务保障。俄罗斯女排虽然取得了冠军，但通过与巴西、中国女排的交流比赛，也让他看到了自身不足，还有许多地方需要向巴西、中国女排学习。从他们的话语中,我读到了相互学习、相互促进的内涵与外延。

比赛交流免不了会发生争夺之间的身体碰撞。俄罗斯男篮与中国男篮争夺冠军的那晚,双方比分追得相当紧,队员与队员之间的防守和进攻相当激烈,但我在比赛场上看到的是碰撞之后友好的场景。我印象最深的还是俄罗斯队和中国队分获冠亚军后的情景,双方主教练员在新闻发布会上对对方的感激之言。俄罗斯男篮主教练鲍里斯·索科诺夫斯基在感谢广州提供一流竞赛组织、一流场地设施的同时,说中国男篮是一支强队。他们知道姚明、易建联等都曾在 NBA 效力,通过金砖国家运动会,他们感受到来自中国男篮的压力,这次虽然只是一场友谊赛,但让他们收获良多。中国男篮主教练杜锋非常感谢欧洲劲旅俄罗斯男篮给中国队带来的学习机会。中国男篮以 5 分之差屈居亚军,但他一点不觉得委屈。他说,能在这样的友谊赛场上,与俄罗斯男篮学防守、学快攻,中国男篮的练兵目的达到了。双方主教练的收获,让我从中看到了比赛较量中的那份看到不足、取长补短的真情。

金砖国家运动会闭幕那晚,我从电视台剪辑的片段中看到,各代表团选手在比赛之余,游玩广州塔时看广州城市风光所展现的喜悦,探访广东省、广州市体育训练基地时看训练设施完备、所取得成绩所呈现出的崇敬目光。我相信他们会把旅游观光、观摩交流、拜师学艺中的所见、所闻、所学带回国去,也会将在广州度过的美好时光传播到世界的各个角落。

那一晚,我把与俄罗斯女排姑娘的合影发到了一文友微信群。文友曾新友专门为此写了首诗,正好印证我要表达的心情:

雄奇站立
让回味定格成姿势
南方的热能融化着北极
北极的美丽幻化成笑靥
友谊的对接
脸上泛起春天生动的活力

(原载于 2017 年 07 月 18 日《南方日报》)

赏析:
广州是繁荣昌盛的城市,是中国为数不多一线城市之一。有关广州听说过很多,唯独对金砖国家运动会一无所知。跟着作者的笔详细了解一下,感受到那份扑面而来的热情,跟着一起激动不已。文章立意新颖,层次分明,读后留下深刻印象。文笔流畅,语言清新自然。内容饱满,感情真挚,感动读者。
——江山文学网申文贵老师

国际龙舟邀请赛里的"一带一路"

2017年广州国际龙舟邀请赛已圆满落幕多天了,可我的心总还在想着赛事前前后后的那一幕幕……

有人问我,赛事都已成功举办了,你还有什么不能释怀的呢?

我也不知道怎样回答才好。是今年龙舟赛有特别之处吗?还是今年赛事的人和事让我动容了呢?

我否定又肯定,肯定又否定,认同又质疑,质疑又认同。可我内心知道,可能是一份辛勤付出后收获的喜悦,也可能是一次成功策划背后思考的释放。

喜悦的是"一带一路谱新篇,五洲百舸汇花城"这个主题出自我之手,赛事现场把这一主题淋漓尽致地彰显,报纸版面把这一主题大字号标出。看到这些,我脸上虽然波澜不惊,但心中的喜悦油然而生。

这几年,竞赛中心副主任林琳每年都与我商量这一大赛的主题,那些商定推敲的句子至今还在我耳边回荡，令我记忆犹新。"百龙聚珠江，友谊满广州""龙腾珠江展风采，梦圆广州传友谊""四海龙腾戏珠水，百舸竞渡耀广州"……这些主题在我脑海中一幕一幕地回放，仿佛赛事就在昨天。那场、那景、那事、那人，有些已随时光流逝，有些还留存在脑海。

广州是千年商都。古代，是"海上丝绸之路"的起点；近现代，是中国民主革命的策源地；当代，是全国改革开放的前沿地；文明昌盛，是岭南文化中心地。

两千多年前，在陆地上，我们的祖先穿越草原沙漠，开辟出联通亚欧非的陆上丝绸之路；在海上，我们的祖先扬帆远航，踏惊涛骇浪，闯荡出连接东西方的海上丝绸之路。陆上丝绸之路，见证了"使者相望于道，商旅不绝于途"的盛况；而海上丝绸之路，就见证了"舶交海中，不知其数"的繁华。广州黄埔古港，就是那年那月欣欣向荣景象的历史见证。

现如今，敢为人先、团结友爱、奋发向上、自强不息的广州人，在"一带一路"的发展道路上，正朝着"和平之路、繁荣之路、开放之路、创新之路、文明之路"豪情迈进。

"海上丝绸腾龙聚，商都羊城万舟发。"广州以国际龙舟邀请赛为契机，以舟会友，共襄盛举，把"团结协作、奋发图强、开拓进取"的民族精神，把"包容大爱、携手你我"的城市印象，把"一带一路"的发展理念彰显得淋漓尽致。

龙舟搭桥，广州国际龙舟邀请赛国际影响力越来越大。相关数据显示,近几年来,参赛龙舟的数量年年攀高,创造了新的历史纪录:2014年参赛龙舟达到103条;2015年达到115条;2016年又增加10多条,参赛龙舟达到128条;今年创历史之最,参赛龙舟达到130条,其中境外龙舟数达到28条。这数字里,展现的是这一品牌的国际性,展示的是一座城市历史文化底蕴的厚重。

龙舟传播,广州国际龙舟邀请赛在宣传推广形式上也采用了"一带一路"的独有创意。河道上,组委会组织了龙舟队,探访龙舟传统村;陆地上,组委会开展了"龙舟知识嘉年华"等活动,使广州国际龙舟邀请赛家喻户晓。

龙舟交流,广州国际龙舟邀请赛还与多个国家和地区建立了友好关系,使广州龙舟走出了国门,传播了文化,促进了友谊,带动了发展。

去年,俄罗斯圣彼得堡举办一年一度的龙舟赛,广州龙舟代表队也如期赴约。当地官员和媒体记者告诉我,广州国际龙舟邀请赛,是世界龙舟赛史上最壮观、最盛大的一次亮丽风景的呈现,龙舟之多、龙舟之长、规模之大是世界之最,圣彼得堡要多向广州学习取经,把广州好的经验融入圣彼得堡龙舟赛事中去。

前年正式比赛那天,我那第一次参加广州国际龙舟邀请赛的朋友给我发来微信图片,说他发现了一对美国夫妇来参赛,但分别代表不同国家和地区。我回复他说,这种现象在广州国际龙舟邀请赛中多的是,既有夫妇,也有父子,还有爷孙。广州国际龙舟邀请赛早已成为多元文化的文体盛宴。

去年正式比赛那天，有一个第一次参加采访广州国际龙舟邀请赛的记者问我，广州国际龙舟邀请赛国际化程度怎样？我告诉他，国际化程度是一年一个台阶，美国、俄罗斯这样的大国都派队来参赛，最多时有20多个国家和地区的代表队参赛，平时也有10多个国家和地区的代表队参赛，广州国际龙舟邀请赛已与世界成功接轨。

今年正式比赛那天，本地媒体记者告诉我，广州国际龙舟邀请赛中，国外龙舟队与广州本地龙舟队共建的队伍很多。我当时告诉他，这不足为奇，多年前，参赛的国外龙舟队为出好成绩，早已盯上本地的强队向他们拜师学艺了。吃龙舟饭，喝中国白酒，唱几段粤曲，他们早已融入广州文化氛围。

……

是的，今日，在"一带一路"理念的指引下，来自世界各地的龙舟勇士们齐聚珠江，以舟会友，共襄盛举。旌旗摇动，彩龙竞艳，百舸列阵，千桨激水，锣鼓震天，号子高亢。广州国际龙舟邀请赛向全世界展示了龙舟魅力，传递了华夏的龙舟精神。

是的，今日的广州，形成了"看龙舟，看龙舟，两堤未斗水悠悠。一片笙歌催闹晚，忽然鼓棹起中流""棹如飞，棹如飞，水中万鼓起潜螭。最是玉莲堂上好，跃来夺锦看吴儿"的浓厚氛围。

是的，今日的广州国际龙舟邀请赛，"国际"味十足，民俗味浓郁，特别是那创新设立的彩龙竞速、游龙表演，成了前来观看龙舟赛的人们眼中一道亮丽的风景线。

是的，今日的广州国际龙舟邀请赛，已成为城市对外交流的重要窗口。

是的,今日的广州国际龙舟邀请赛,已是"一带一路"行进中的一道亮丽风景线。

(原载于2017年06月18日江山文学网,被评为精品文章)

赏析:

赛龙舟是盛大的赛事,无论在哪个省份,都会有隆重的场面。本文写出"一带一路"的盛况,描写细致,读后如同身临其境,感受到那份扑面而来的生活热浪,跟着一起沉浸在那份特别的氛围之中。内容丰满,条理清晰,脉络分明。文笔生动,意境深远,词句斟酌到位,充满感染力。

——江山文学网申文贵老师

三篇美文

你看,粉白色的花朵映照下的姑娘,正笑着对她那位说,你若盛开,我就在这里等你牵手;爱若盛开,我还是在这里幸福地等着做你的新娘。

你看,宫粉色的花丛中那一家三口,小孩安静睡在推椅上,那对推着孩子来回走动赏花的年轻夫妇,他们一会儿看看孩子,一会儿看看满树的宫粉紫荆花,那惬意、那幸福全部写在脸上。

……

这是今年3月,670株宫粉紫荆盛开,把天河体育中心装点得更加艳丽时,我用自媒体今日头条号"族人才俊"推出的《紫荆盛开,她在天河体育中心等你来牵手!》一文的选段。

每当读到这段文字,我并没有一味陶醉在上千人的阅读和点赞中,而是情不自禁地打开了记忆的闸门,另外两次为天河体育中心撰写美文的过程一幕幕浮现在眼前……

1989年11月,我作为战士报道员,从两广交界的连队来到广州参加军部组织的新闻培训班。其间,现场采访教学安排的地点就是天河体育中心。那时的天河体育中心刚刚举办过第六届全国运动会,周边几乎没有建筑物,体育场、体育馆、游泳馆三大场馆非常宏伟壮阔,让我这个来自山沟的兵,如同刘姥姥进了大观园。马鞍型的体育场,6.56万平方米的建筑面积,6万观众的看台,一流的场馆,一流的设施,让国际奥委会主席萨马兰奇称赞,令国内外民众点赞;六角形的体育馆,2.2万平方米的建筑面积,8000个观众座位,造型独特,功能多样,可赛后利用,文体共享;长方形的游泳馆,2.17万平方米的建筑面积,3000多个观众座位,环形走廊,宽阔的比赛大厅,运动员好评,观众叫好。那晚,我用三个多小时在小四格里一笔一画写出了见闻式的《山沟兵眼里的天河体育中心》。可惜,由于多次调动,这篇用小四方格写就的美文遗失了。

2001年11月,我作为《人民海军报》记者,参加新千年我国举办的第一个规模盛大的全国综合性体育盛会——第九届全国运动会。游泳比赛在天河体育中心游泳馆举行,我在这里见到了全国游泳健儿争金夺银的场景,采访到了国家金牌教练、海军游泳队队长叶瑾,并与4次打破亚洲纪录、在世界短池游泳锦标赛上获得4枚金牌的海军游泳队队员齐晖和200米混合泳冠军赵涛合影。那晚,我用了近一小时,把她们在天河体育中心游泳馆指挥、比赛、氛围等感受,写成了一篇手记《金牌游泳教练叶瑾在天河体育中心的一天》,以叶教练的讲述评价,称赞了天河体育中心环境的美观和游泳馆比赛设施的一流、比赛氛围的一流。手稿虽存在笔记本电脑里,但由于设备交接,这篇手记还是没有保存下来。

今年8月30日,是天河体育中心成立30周年,也是我转业到广州市体育局工作的第13个年头。13年弹指一挥间,我在天河体育中心所经历的每一场重大赛会、每一次重大活动都历历在目,我对天河体育中心的一草一木也注入了更加难以割舍的情感。今年3月,天河体育中心所栽种的670棵紫荆花盛开,吸引了许多市民前来观赏。我根据每天的见闻,写了开头的美句。

(原载于2017年08月30日《南方日报》)

海角红楼别样红

从部队转业到广州体育部门工作,同事们经常会跟我讲起"海角红楼"。

这不是老羊城八景之一吗?是的,现是广州体育部门属下的一个事业单位。

远不?远!在广州的大坦沙岛上。

此后,"海角红楼"四字如同初恋情人似的,住进了我的心房,印记在我的脑海。

工作关系,接触多了才得知,坐落在荔湾区大坦沙岛上的海角红楼,是由早年入读黄埔军校的西关名流梁世光先生发起,数位西关富商豪绅出资,于1946年兴建的一个水上体育娱乐场所。

整个场地的建筑均以杉木为柱、为梁、为房,并漆成红色,用杉树皮铺盖屋顶,呈现出古色古香、淳朴自然的独特风格,因此才得名"海角红楼"。

这里曾让多少名流烟云浮动的心得到沉淀净化,也曾让多少过客的迷惘在这里豁然开朗,更让一些海外归来的游子有了一种归家的暖意。

红色的楼宇,独特的矮墙,简洁的"海角红楼"四字,意味悠长,让人联想翩翩。

走进海角红楼,一种深厚的文化底蕴气息扑面而来。触摸这里的一树一木、一砖一石,我的眼里顿时浮现出当年海角红楼的繁华景象——

海角红楼开业那天,这里虽没有搭建桥,但人山人海,盛况空前。珠江码头,停满了来回穿梭的船艇;游泳池内,泳客尽情戏水欢跃;中西餐室里,一对对情侣正在呢喃细语;舞厅里,人们正踏着当时最劲的舞曲;溜冰场里,人们正在体验这种新型体育项目;音乐茶座里,游客们一边品茶,一边倾听着当年最流行的歌曲。

夜幕降临,海角红楼的灯光与荔枝湾的灯光在珠江水里交相辉映,形成了五彩斑斓的景观。那来回穿梭船艇上的游客此时意兴勃勃,把古之秦淮河畔、杭州西湖所没有的诗情画意收入行囊。

"栉比红楼建海边,匠心巧构俨天然;一湾水浴弄潮客,四面风吹济渡船。"这正是当年游客盛赞海角红楼与西关风情自然融合的绝美诗行。

70年,弹指一挥间。今日的海角红楼之繁华丝毫不逊于当年,有过之而无不及。

以枣红色为基调翻新的建筑,让那栋题写着"海角红楼"四字的楼在阳光下熠熠生辉，也似乎在无声中向人们讲述着70年来的辉煌故事。

以枣红色为基调翻新的围墙，衬托出了这里一砖一瓦的厚重文化底蕴，衬托出了这里一草一木的高雅与庄重。

以枣红色为基调修建和翻新的泳池，搭配有红楼檐角特色的救生岗亭和栏杆，让这里的一池一水与"红楼"颜色辉映，形成了一道亮丽的红色风景线。

那两棵广州最大的参天古木棉，在红色琉璃瓦映照下，于春花烂漫的季节里，呈现出一派红彤彤的景象。

这里通过道路和排污管道改造，如今已经是面貌一新的"海角红楼"，成为着重打造的游泳、足球和射箭等体育锻炼的平台。

这里也成了广州市民健身的好去处，获得了广州市颁发的"A级场馆"称号，也成为广州公共场所卫生示范性单位。

走出海角红楼，我回头再看，这个未来将被打造成为水陆体育休闲公园的"红楼"，那以枣红色为基调的体育场地和设施，真的把海角红楼映照得别样的火红。

我想，海角红楼别样的火红，使今人读懂了它的历史，读懂了它的过往，读懂了当今全民健身与全民健康深度融合的思想内涵。

（原载于2018年03月26日《广州日报》）

"小蛮腰"的魅力

人的一生注定要与许多风物结缘：降生之地，那是命里注定的地缘；求学或从军路上与不同的山水邂逅，那是人生奋斗路上的机缘；工作生活选择一座城市落脚，那是人生归途中命里注定的奇缘；而与一座城市的地标相逢，那是人生旅途上注定要产生的情缘。

我与有"小蛮腰"荣称的广州塔有缘，可以用这样几段经历来表达：结缘于第十六届广州亚运会，机缘于广州马拉松赛，情缘于世界男篮锦标赛抽签，爱缘于金砖国家运动会，美缘于广州国际灯光节。

那一年，我作为第十六届广州亚运会组委会的工作人员，因工作需要，有幸参加开闭幕式。在《一江欢歌》的乐曲中，我欣赏到了广州塔绽放出来的火树银花耀羊城的大美景象，看到了世界最高、最漂亮的焰火如梦似幻从广州塔飞花溅玉般绽放，那大大的"羊"字被烟花浓墨重彩地彰显，那美轮美奂的花城之花被烟花精彩演绎，让我大开眼界，感受到了这座叫"小蛮腰"的广州塔的魅力，欣赏到了这塔让广州亚运会开闭幕式烟花创造奇迹的那一幕幕。

那一年，我作为广州马拉松赛组委会的工作人员，因负责直播工作，有幸多次与电视直播人员登上广州塔，与这座有"小蛮腰"荣称的塔有了零距离的接触。一周时间，寒风虽然把我吹得感冒发热，可当架好的微波把广州的道路清晰收入荧屏时，我才真正领略到广州塔建成的巨大作用。过去，广州举行大型体育活动需消防人员架云梯，才能通过微波把几公里外的画面传回，如今有了这"小蛮腰"广州塔，整个广州城除隧道外，其他道路尽收眼底。那时，我情不自禁地在塔顶平台高呼了一声：广州塔，我爱你！

那一年，我有幸参加在广州塔举行的男篮世界杯抽签仪式。珠江两岸灯火辉煌，广州塔上被灯饰装点，江上游船来回穿梭，世界100多个国家的篮球官员欢聚广州塔，一同见证80多个国家和地区篮球队相聚中国、传递友谊的美好时刻。那一晚，广州塔打出了柔情似水的欢迎语；那一晚，广州塔成了媒体的焦点；那一晚，广州塔让来自世界各地的篮球官员领略到啥叫岭南风情；那一晚，广州塔为中国人长脸，把广州的大气与大美展现得淋漓尽致；那一晚，广州塔让我再次读懂了"办赛事，办城市"的内涵与外延。

那一年，广州承办金砖国家运动会，闭幕式当晚，我从旅游部门剪辑的电视片里听到赞美广州塔的声音，这是组委会了解到金砖国家运动员想上广州塔而组织的一次活动。那一天，天公虽然不作美，但我从俄罗斯女排姑娘的笑容中读到了她们的满意，从南非姑娘的笑脸中读到了她们的自豪,从巴西小伙们向广州市民打招呼的礼节中读到了他们的喜悦。这让我对广州塔有了更深刻的认识和更崇高的敬意:广州塔,不再只是一座供人们观光旅游之塔,而是一座让世界人民了解中国、了解广州之塔。

那一年,广州国际灯光节期间,我作为普通市民,带着家人在这里领略到光影梦幻的魅力。一顶大帐篷里,在光影的推动下,我仿佛穿越了时光隧道,领略了世界文明古国的那些繁华岁月,了解到了东西文明的精髓,好像真实地跨越了亚欧大陆,横渡了太平洋、印度洋,融入了那海、那岛、那山、那树、那建筑、那人群中,过着神仙般的惬意生活。光影倒转,羊城的古港、水上人家、西关大屋、商贾云集的热闹街面,一一呈现在我的眼前,让我仿佛回到了那年那月。光影回归,珠江两岸流光溢彩,游轮晃晃悠悠地来回穿梭,让我穿越千年,回归到了今日的繁华。

夜幕又降临了,灯光装点了广州塔的绰约风姿,来来往往的人们称赞着广州塔的东方神韵,而广州塔正以它独有的一颦一笑回报着人们……

(原载于2018年08月16日《南方日报》)

万里归来铸羽球

小时候,每个人都有报国梦想:有的想成为科学家,让祖国的科学技术走在世界前列;有的想成为戍边卫国的军人,让祖国的万里疆土处处平安和平;有的想成为大学教授,让祖国的城乡拥有各类所需人才……

而我要向大家推荐非常特别的一位,他是海外归侨,且从事的职业让你想象不到,也许我们小时候的梦想里根本没有这一选项……

他叫傅汉洵,一位我非常敬重的老人,一位为中国羽毛球事业作出特别贡献的海外归侨。傅汉洵老人20世纪40年代出生在印度尼西亚先达。60多年前,他带着父亲的企盼,怀着报效祖国的梦想,回到了祖国怀抱。

工作关系,我与傅汉洵老人在多个世界羽毛球大赛上相遇。说话和风细雨的谦虚仪态,让我记住了他的笑脸;果断看待每一件事物,让我记住了他的真诚与执着。

真正与傅汉洵老人结识,是与他一同参加体育三下乡活动。活动本来跟退休的他没关系,可他心系基层,提出要去看看农村体育事业发展情况。随行的同事告诉我,这就是傅指导,一位头发全白的老人。他没有架子,一路如同父辈一样与我们谈笑风生,让我那种敬重拘束的心放了下来。聊着聊着,我走近了他的心灵,他的故事升华了我的灵魂。

我永远忘不了2018年9月16日这一天,尽管是"山竹"台风登陆的日子,但我还是顶风冒雨来到他的《赤子情·羽球魂——傅汉洵回忆录》出版新闻发布会现场。

一首《我的中国心》贯穿于他60年爱国报国情怀的回顾里,让我感觉一股热流淌过心灵的河,也让我浸入自己当年从军报国的情怀里……

打开《赤子情·羽球魂——傅汉洵回忆录》一书,我从他自序的字里行间找到了什么叫家国情怀,从他朴实的语言里找到了什么叫精忠报国,从他恭谦的礼节中找到了什么叫做事先做人。

这本书分为十三章。每一章,都会让人读到一些鲜为人知的故事,读到一个爱国归侨心灵深处的豁达,读到一个爱国归侨孜孜不倦追求的羽毛球梦想,读到他对祖国羽毛球事业发展走向世界的那不辱使命、敢于担当和敢拼敢打的精神力量,读到那年月国家困难时期羽毛球人那种"饿着肚皮打败世界冠军"的毅力和信心。

每读一章,我都在体味着当年傅汉洵老人所处的环境和心境;

每一个细节,让我读着读着热泪模糊了视线……

有了书作桥梁,此后与傅汉淘老人见面,我们之间就变得无话不谈了。一次,我向他请教他"父辈闯南洋"那段故事,傅汉淘老人讲述他父亲闯南洋的心路历程时,脸上也多一分凝重,多了一分对父辈的敬重。其实背井离乡是万不得已的事,每个人都喜欢自己的家乡,那里的一草一木都会让满腹乡愁的人感到亲切,更何况还有亲情、乡情的滋润。那年月,傅汉淘老人的父亲选择离开家乡也是无奈的,但正是这种无奈激励他必须在他乡加倍努力、勤奋工作,才能担当起这个家庭压在他肩上的责任和使命,也正是这种无奈中的勤劳让父亲从底层走上了中层到拥有自己的产业,也让傅汉淘老人从小养成了勤劳有担当的责任意识。我想,傅汉淘老人讲"父亲闯南洋"这段故事,可能是这段经历留给他的烙印太深,让他过尽千帆,蓦然回首,还是无法抹去。那父爱永远留存在记忆里,激荡着他向百年人生进发,也让我想起了《父亲的手》这首歌:

父亲的手
啊老爸的手
多少艰辛在心头
多少力量在心头
父亲的手
啊老爸的手
多少委屈在心头

多少沧桑在心头

在心头

……

  我从傅汉洵老人的回忆中了解到：1958年，初中即将毕业的傅汉洵，在印尼苏北省羽毛球赛的男单决赛中，因表现突出，得到了印尼羽毛球协会主席迪克·苏迪曼先生的青睐。苏迪曼先生想让他到印尼国家羽毛球队集训，但得知傅汉洵国籍是中国时，苏迪曼先生脸上闪过一丝失望，惋惜地轻叹了一口气。然而，爱才如命的苏迪曼先生并没有因为傅汉洵是中国籍而放弃对他的培养，专门下派一名印尼国家队教练到先达指导傅汉洵的训练，让他的水平得到了提升，成了先达羽毛球的骨干力量。

  因有苏迪曼这样爱才如命的羽毛球协会主席，羽毛球成了印尼的国球，印尼也成了世界羽毛球强国之一。看到傅汉洵的出色表现，苏迪曼先生对他更是关爱有加，多次向傅汉洵的父亲提出，希望他们在国籍上选择一下，尽快让傅汉洵入印尼国家队集训。家国情怀特重的傅汉洵的父亲，深知只要加入了印尼籍，就意味着傅汉洵不能代表中国参加国际比赛。为让傅汉洵早日回国，傅汉洵的父亲只好一方面对苏迪曼先生施了缓兵之计，说傅汉洵在中国有女朋友，另一方面与中国驻印尼大使馆联系。得知祖国急需傅汉洵这样的羽毛球运动竞技人才带动后，傅汉洵的父亲回到家中，高兴地抱起傅汉洵说："儿子，你可以回中国，回我们的家乡广东，那里的羽毛球事业需要你,你以后可以代表中国打球了。"1960年1月,在中国驻印尼大使馆的帮助下,傅汉洵回到了祖国怀抱,回到了家乡广东……

记得在一次活动中,我与傅汉洵老人聊起"饿着肚子苦练"这件事,他说这件事是客观存在的,这是国家贫穷所致。傅汉洵老人说,他们千辛万苦,带着满腔热情回到了祖国母亲怀抱,本想好好体味一下母爱的滋味,可是真没想到,自己朝思暮想的祖国是那么的贫穷,连饭都吃不饱。傅汉洵老人在讲述时没有回避这个问题,而是如实向我讲述了他们在那困难时期如何到华侨糖厂与农民抢"蔗渣"做早餐充饥的过程,也详细介绍了他们这代归国华侨在吃不饱、穿不暖的年月里,怎样不忘振兴羽毛球发展的职责,不忘"三年赶超世界先进水平"的使命。他与队友们在"饿着肚皮苦练"中战胜了困难,用骄人成绩在两年里完成这一使命。于是,他两次拿到了全国羽毛球冠军,中国羽毛球队有了他的一席之地,广东羽毛球队在全国的站位也越来越高。

接触多了,傅汉洵老人给我讲的故事就越来越多,甚至讲到他的婚恋生活。他说,他的婚恋生活也充满了传奇色彩。他的妻子曾秀英也是一位海外华侨,是共同爱好羽毛球让他们走在一起。风风雨雨几十秋,他们一同携手经受了春寒料峭,经受了夏日炙烤,走过了秋日泥泞,走进了温暖如春的冬日。他们是幸福的,但也是有坎坷的。傅汉洵老人在与我的聊天中,还专门介绍了他与妻谈恋爱挨批、结婚前被岳父万里考察等细节,但我从他的话语中感受到了什么叫天荒地老，什么叫一生相守，什么叫不离不弃，什么叫携手人生。正是因为他们的相敬、相爱、相守，才有了他们夫妻联手推动广州羽毛球队成立并亲自任教20年的历程，才有了广州羽毛球运动事业发展的辉煌，才有了如诗如歌般的这段美好回忆。

2018年9月16日这一天，也就是他的回忆录《赤子情·羽球魂——傅汉洵回忆录》出版的新闻发布会上，广州体育部门给傅汉洵老人和其夫人分别颁发了广州羽毛球运动"终身成就奖"和"功勋奖"，在场人员都认为，这是实至名归的。

在多次聊天中，我也请傅汉洵老人讲过他的遗憾事。他每次都想想后说："就是个人没有拿到世界冠军和奥运会冠军。"但他很快又说，这些年，他的弟子替他完成了。

原来，傅汉洵夫妇从广东羽毛球队退役后，既担任过广州业余体校、广州羽毛球队的教练，也兼任过中青队副总教练和国家队教练组工作。教练生涯中，他与妻子培养了一大批优秀学生，其中吴迪西、关渭贞、劳玉晶、林燕芬、张洁雯、谢杏芳成了世界冠军，张洁雯还成了奥运会冠军。

夫唱妇随，这词用在傅汉洵夫妇身上非常贴切。广州成为国内首个举办过世界羽联全部顶级大赛的羽毛球赛事"大满贯"城市，先后培养输送了8位羽毛球世界冠军，其中有6位冠军是傅汉洵先生悉心培养的……可见傅汉洵先生在广州羽毛球界的地位。他是广州羽毛球队的开拓者，是广州羽毛球发展史上重要的代表性人物。

《赤子情·羽球魂——傅汉洵回忆录》一书整理者刘晨先生，

是我多年的老朋友。他告诉我，傅汉洵先生用时18个月，以讲述的方式回忆了一代广州羽毛球人热血沸腾的拼搏史。它所铭记的是中国、广东、广州羽毛球运动发展史，所传承的是一笔宝贵的精神财富。它更是一本弥足珍贵的历史文献，将会激励广州体育人不忘初心，砥砺前行，为继续推进广州体育名城建设添砖加瓦。

……

60多年的芳华，走过风雨，走过岁月，走过辉煌。

如今，80多岁的傅汉洵老人还在发挥余热，为广州体育事业发展出谋献策。

我衷心对他祝福：青春永驻，身体健康！

赏析：

这篇文章开篇先对傅汉洵老人的人生简历做了概述，随后才切入《赤子情·羽球魂——傅汉洵回忆录》一书。傅汉洵老人一生爱国报国，作者从自序中深深感受到了家国情怀、精忠报国，还有恭谦礼节、做事先做人。接下来，作者结合《赤子情·羽球魂——傅汉洵回忆录》一书中几处令他印象深刻的章节进行了赏析论述，结合傅汉洵老人一生的生活经历夹叙夹议，深深诠释了老人60年芳华，走过风雨，走过岁月，走过辉煌，"拳拳赤子心，悠悠报国情"的高尚情怀，令人感动。文章逻辑清晰，丰盈饱满，点评深刻，是值得欣赏的佳作，推荐共赏。

——江山文学网叶华君老师

广州马拉松赛跑来了5名苗族汉子

今年,广州马拉松赛进入第7年,这也是广州马拉松赛进入"双金"时代的第一年。10万人报名,3万人跑,可见广州马拉松赛的热度。

这不,连我那远在湖南省城步苗族自治县苗寨里的兄弟姐妹都被吸引来报名参赛了。可最终结果,数十人报名,只有5名兄弟中签。戴方财、肖明豪、赵永芳、吕大龙、张贻清的名字映入我的眼帘。

戴方财,是一位热爱跑步的苗家汉子,也是一位企业高管。他现在头衔不少:湖南省邵阳市大邵公益副会长,湖南省城步苗族自治县大邵公益秘书长,邵阳市最美扶贫人物,邵阳市"十佳孝子",湖南省"百名最美扶贫人物",湖南省百名雷锋式志愿者,城步农民作家,广东散文诗学会会员。

戴方财与广州有缘。1999年初,他离开苗乡城步,来到广东深圳一家电子厂打工。10年的努力,让他从一个技术员起步,成为一名台企高管。他经常来广州看望同乡和亲友。在游览广州的过程中，他被广州这座历史文化名城的2200多年底蕴深深打动，多次想辞去高管工作来广州发展。

前年，为照顾家里，戴方财辞去高管工作，回到了湖南省城步苗族自治县。在苗乡的慢节奏生活中，戴方财的身材在不知不觉向横向发展，腰围也一天一天地增大。妻子见他这样，心里非常焦急，强迫他与她一同跑步减肥。起初，他不相信跑步有效果，但看到跑步的妻子身材一天比一天苗条后，他禁不住诱惑，加入了跑步行列。从跑一公里、两公里，到五公里、十公里，一个月下来，他就跑了220公里。

功夫不负有心人。2017年7月1日，戴方财跑了他人生中的第一个马拉松赛，半马时间为2小时37分。当时，他是多么的开心。他说："今天是党的生日，也是我第一次跑完半马，这在我人生中记下了重要的一笔，因为，从学生到青年时代的我都没有跑过半马，没想到今年48岁的我还能够参加这样的赛事。"

跑步带来的快乐，让他回到苗乡城步就加入了湖南城步"11路跑步团"，来督促自己坚持跑步。5个月过去了，他不但减轻了体重，半马成绩也从刚开始的2小时40分提升到2小时以内。跑友们都说他是进步最快的。现在，他只要两天不跑步，就感觉浑身不自在。他说："自从开始跑步以来，虽然经历了很多困难和辛酸，但是快乐大于辛酸，因为跑步，我结识了一帮共同进步的朋友。"当桂林马拉松和广州马拉松赛开始报名后，他毅然选择报名。他说：

"我希望报名后能中签,希望能圆我和广马约会的梦,没想到,这次真能让我实现梦想了。"

而肖明豪则是我认识的第一个爱上跑步、爱好乒乓球的苗族优秀教师。那一年,他的广州同学打电话给我,说家乡一中有一名老师来广州出差,想找一名优秀的乒乓球教练指导一下他的球艺,让我联系一下。我想,一个老师好不容易千里迢迢来广州出差,不去看广州夜景,而是指名要找名教练指导打球,这名老师想干啥?于是,我爽快地答应并提前与教练联系好。

见面后,才知道肖老师在我那苗族县是一流的乒乓球高手,也是带动县里乒乓球运动发展的领军人物;才知道肖老师教学成果丰硕,不仅所写论文多篇获省一等奖,而且辅导的学生有数十人获省奥林匹克化学竞赛一、二等奖,还有数十人被北京大学、清华大学等重点大学录取。

那天,他第一场打赢了低年级的运动员后,向教练提出跟高年级的运动员打。谁知,上场后的他被打得"灰头土脸"。

那天,肖老师虽然打输了,但他的愿望实现了。他不仅得到了培养过奥运冠军的教练的亲自指导,而且学到了削球、扣球每个动作的起伏性技巧,更从打球中学到了如何平衡个人心态,亲身体验到了"山外有山,楼外有楼"的境界。回到苗乡城步,他更谦虚谨慎了,把在广州学到的乒乓球打法和比赛中的启迪传授给了学生。

现在,肖老师是全县乒乓球界的名人,也是跑步界的名人。他坚持不懈,干劲十足,连年在全国各城市参加马拉松赛。这不,今年进入"双金"时代的广州马拉松赛刚开始报名,这位对广州有着深厚感情的苗族教师就提交了申请,并成为第一次抽签就抽中的苗族汉子。

赵永芳、吕大龙,这两位兄弟都是湖南省邵阳市城步苗族自治县森林总公司下岗工人,也都是苗乡城步的"11路跑步团"成员。从大山深处走进县城,年轻时,他们穿山越岭,健步如飞。下岗后,他们凭着个人体力谋划生活,养家糊口。儿女成家后,生活水平提升了,肥胖也随之而来。赵永芳、吕大龙相互鼓励,经过一年的跑步训练后,今年4月跑了湖南洪江黔阳古城国际半程马拉松,随后又跑了湖南新宁崀山越野30公里,再接着跑了长沙马拉松和桂林马拉松,现在正在备战12月9日"双金"赛事——广州马拉松赛。

对于苗族汉子退伍军人张贻清来说,经过军旅生涯的几年锻炼,跑马拉松真是易如反掌。这不,在广东创业的他,也在第一时间报名了广州马拉松赛。他说,广州是他的创业起点,他要把这份情怀和激情通过广州马拉松赛这个平台进行释放。

苗族兄弟们,12月9日,广州马拉松赛在起点设置了啦啦队为你们鼓舞欢呼;在沿途,组织了16个音乐加油站为你们助威打气;在终点,铺好红地毯为你们凯旋奏歌。

苗族兄弟们,祝你们在广州马拉松赛跑出好成绩。

辑八 征文练笔

三看增江水

广州亚运会亚残运会博物馆里,有一个专门展示亚洲各国人民取水器具的展厅。这些取水器具材质各异,有陶瓷的、瓦的、木制的,也有银和铜精制的。我每次走近它们,就仿佛穿越了时空、穿越了国界,从器具的亮度中触摸到了各国人民取水的艰辛,从器具的不同装饰中感受到了亚洲各国人民对取水器具的珍爱、对水的尊重、对美好生活的向往。这也让我联想到与水有关、与广州亚运会有紧密关联的那条江——广州增城增江,那三看增江之水的往事也随之浮现在我的眼前……

我清晰地记得,龙舟在2010年广州亚运会首次成为亚运会正式比赛项目。亚运会对龙舟赛比赛场地的要求是相当高的,赛场要为静水水域,长度不小于1000米、宽度不小于13米、深度不小于3.5米。当时,组委会竞赛工作人员第一时间想到的就是增城增江。增江为静水水域,其长度、宽度、深度远远超出亚运会龙舟比赛场地要求，且这里每年都举办龙舟赛事，赛场环境已相当成熟。后经多方考察体验，增江正式与2010年广州亚运会结缘。

而我第一次近距离接触增江水，是2010年广州亚运会龙舟项目正式比赛的那两天。龙舟项目共产生6枚金牌，参赛国家和地区有中国、日本、澳大利亚、新加坡、菲律宾、韩国、印度、泰国、越南、朝鲜和中国香港、中国澳门、中国台北，竞争相当激烈。那两天，增江1800米长的赛道两岸彩旗飘舞，竞赛龙舟随着枪声鸣响如离弦之箭，锣鼓声、号子声此起彼伏，形成了一幅你追我赶的精彩图画。而作为亚运会总指挥部的工作人员，我无论在检录区还是在媒体采访区，所看到的都是对增江赛场竖起的大拇指，所听到的都是"爽""好""美"等字眼。我一边聆听，一边穿行，一边思索：这清澈的增江之水，蜿蜒绕过增城的热土，滋润了万物，也丰盈了这一方人文，此刻就像一缕古老的情丝，与广州亚运会紧密相连，成了"友谊之水"，直通亚洲各国，让世界人民记住了它的名字。

广州亚运会龙舟赛成功举办后，增江赛场成了广州市赛艇队、皮划艇队的练兵场。我第二次有缘去看增江之水，就是陪电视台记者来到这里拍摄一组训练镜头，作为省运会的宣传片素材。

南方的夏天天亮得早，记得那天早上五点左右，我们就随赛艇队、皮划艇队来到了水域宽阔的增江上。艇队犁出的航迹，两岸树木映出的倒影，在明镜般的增江水面形成了一幅独特的山水画，摄像师赶紧来回扫拍，把不同画面收入镜头。第一次零距离接触增江之水的我，触景生情，情不自禁脱口而出："美！"见我赞叹不已，随队的队长告诉我，广州市赛艇队、皮划艇队在亚运会后迁至增江训练，这里除是亚运会龙舟赛场外，更重要的是有宽150米、直道长2500米的水上训练场地。这场地既符合国际比赛要求，也是赛艇队、皮划艇队最标准的练兵场。再加上环境优美、水面平静，更有利于赛艇队、皮划艇队练出好成绩。

艇队在增江水域来回耕犁着。一道道航迹，一张张脸蛋，一串串汗珠，倒映在水面，融成一幅练兵图，收入我们的镜头，也一次次震撼着我们的心灵。冬去春来，寒来暑往，艇队在增江日复一日、年复一年地耕耘着，他们对增江之水有了感情，有了回报的使命感：他们经常维护管理专业航道；对于水域内的水浮莲和生活垃圾，他们也时常划艇清理。正是付出一份真情、收获一份喜悦：艇队参加两届省运会共获得17枚金牌，有14名运动员从这里走进了省队和国家队，还有17人获得49次全国冠军、2人获得2次全运会冠军、4人获得5次亚洲冠军，更有3人获得2次世界青年冠军。

拍摄完回广州的路上，我一直在想，增江培养出那么多冠军，艇队已与增江密不可分，这增江之水不正是冠军们的"福水"吗！

增江，是增城人民的母亲河，也是增城人民的生命之河。我与增江之水第三次结缘，是去增城自来水有限公司采风。

走进这家国有控股的中外合资企业，实地察看这家公司的增江取水口，看工人们在低于水面的机房里工作，我感受到了自来水人那种爱岗敬业精神无处不在。爬上这家公司的柯灯山水厂，观看自来水多道过滤全过程,我体会到了什么叫精益求精的扎实作风。我是一路察看,一路学习,一路解惑,一路感慨万千。特别是听了公司的讲解介绍后,我才懂得,自来水的生产工艺是有流程的;我才知道,清澈的增江之水流入千家万户的过程是复杂的。

原来,我们拧开水龙头看见的洁净之水,已经经过了深层次处理。符合国家《地面水环境质量标准》的增江之水(原水),经自来水公司取水口抽水泵站抽取,要通过加氯系统杀死水中的藻类、植物和贝类后,才能进入混合工艺流程。而在混合工艺流程中,又要投加净水剂,使其快速均匀地扩散。水中悬浮物在净水剂的作用下絮凝。絮凝体逐渐增大,在重力作用下沉淀,从而被从水中分离出来,使原水得到初步的净化,并为进入过滤工艺打下基础。在过滤工艺中,通过滤砂的黏附作用,去除水中剩余的杂质,提高水质。过滤后的水加氯混合后进入清水池,并在清水池留存足够的时间,确定氯能充分彻底地杀死水中的细菌及病毒后,工作人员才把合格的水输送到供水管网中,供生活、生产使用。这水才是我们通常所说的"自来水"。

隔行如隔山,如不是自来水人详细介绍,如不是亲临增城自来水有限公司的水厂现场学习,我真不知城市"自来水"的生产流程,也真不了解这城市人的"生命之水"如此珍贵。

增江之水奔流不息,增城经济迅猛发展,增城自来水人正遵循"优质供水,润泽万家"的理念,下足功夫去破解自来水服务进入家最后一公里的难题。

当我驾车离开柯灯山水厂时,夜幕已经降临,一路上见到冒雨开着摩托车上柯灯山水厂上班的员工。水厂远离城区,是什么支持着他们顶风冒雨地日夜坚守?我的脑海里跳出这样一段话:那就是让增城市民日夜喝上干净的增江之水,让增江的"生命之水"安全流入寻常百姓家。

(原载于2019年07月21日《羊城晚报》,获"优质供水润万家"全国主题征文一等奖,获江山文学网精品奖)

赏析:

增江之水,是承载着各种体育运动的水,是2010年亚运会龙舟赛事参赛队员的友谊之水。它的特色如何呢,环境又是怎样优美呢?跟着作者的笔,和作者一起三看增江水,感受增江水的"爽""好""美",一起去观摩来自增江的城市"生命之水"的工艺流程,体悟水厂工人风雨兼程守护"生命之水"安全流入寻常百姓家的爱岗敬业的可敬精神。文章围绕增江,多方面阐述增江水的价值,字字到点,语言流畅,段落清晰,确是一篇上乘佳作。欣赏,推荐共阅!

——江山文学网维纳斯脚下的小丑老师

某人印象

古树：某人的祖先风韵

某人的祖先是啥模样？

置身 1200 多米高的山谷，我仿佛穿越了时空的隧道，与某人的祖先邂逅了。

它们就是一棵棵上百年甚至上千年树龄的青钱柳古树。

它们拥有一树繁华的芳艳，拥有四个花期的艳丽，拥有藏在山林空谷的娇美。

它们的身份特别：国家二级保护植物。

它们的荣称一串串：植物界的"大熊猫"，人类健康的第三棵树，"三高"的克星，医学界给予荣称的"天然胰岛素"，中国第一森林有机茶……

高达 30 米的身躯，娇嫩的叶子，在风中飘动的美，不时触动着我的柔情，撬动着我的思绪。

有人说它是一种甜茶，有人说它是一种很解渴的苗茶，有人说喝下后有一种肠胃全通的快感，有人说它的作用就是神奇。

它是上苍赐予苗民的一味灵丹妙药。

幽静空谷，山路陡峭，泉水叮咚，山风与光影舞动。睹树思物的雅致，抚今追昔的感慨，让我仿佛跟随着它们穿越了千秋百代，飞越了万水千山，读楚辞汉赋，诵唐诗宋词，见证了朝代继替……

某人，你的祖先是有文化底蕴的。

新树：某人的父母形象

某人的父母，是一群有志青年努力的结晶。

是一行"培育树苗，保护古树"的简短文字，是一首叫《承诺》的诗，让青钱柳茶业有限公司领导层读懂了责任的厚重、传承的珍贵。

长沙与北京，多家植物研究所有他们请教的身影，多家茶场老板成了他们的知己；山头、山脚，有青钱柳古树的地方就有他们的团队，有青钱柳苗子的地方就有他们的观察点。

实验与培育，多少次失败记在他们随身携带的笔记本里，多少株幼小的苗子在他们的精心呵护下成活；成功与论证，多少个数据曾在他们的脑海里萦绕，多少件衣服曾被他们的汗水泡透。

喜悦与推广，深山老林处有了他们的笑声，山林田地间留下了他们团队栽种的脚步；收茶与炒茶，山里的苗民得到实惠，青钱柳茶品牌一炮打响。

担当与分享，见证了他们的胸怀与胆量，成就了他们的多元化发展之路；联营与打造，同行看到了他们发展青钱柳产业的诚心，客户体验到了他们打造青钱柳品牌的信心。

新苗与嫩芽，绿了苗乡的山林田地，美了苗乡的村村寨寨；清香与原味，滋养了客户们的肠胃，也富了苗民们的口袋。

名气与品牌，青钱柳茶走出国门成名片，湖南省名牌农产品排行榜上有了身影；甘洌与清甜，让人记住了青钱柳茶的味道，人生路上又多了一道况味。

某人，你的父母是有颜值的。

（原载于2016年11月28日江山文学网，获评精品文章，获"某人杯"征文二等奖）

哨所门前那片橡胶林

每个人都有许多往事,只是随着时间的流逝,有的被遗忘,有的则被铭记终生。

湛江,是我从军路上的第一站,也是我的"第二个故乡"。

30年过后,当我过尽千帆,历经世事沧桑,再次回到这里时,军营虽早已不复存在,往事却如潮水般涌上心头……

印象里,那年月,哨所门前有一大片橡胶林。而我的成长故事,就与这片橡胶林有关。

那一年的11月,海滨城市湛江特别寒冷。漆黑的夜里,天空还下着毛毛细雨,阵阵风雨把橡胶林弄得哗哗作响,林子里不时传来各种动物的嘶鸣声。那是我第一晚站岗,尽管我出生在苗乡大山深处,也曾夜里打着火把,翻山越岭随父母走夜路去参加亲戚家的红白喜事,可从未遇到过这类情况。

一阵猛烈的动物尖叫声过后,电闪雷鸣间,只见一群"绿眼睛"

的黑影子缓慢向哨所游移过来。

"不好！"本来就害怕的我，一见此景，赶忙跑回宿舍大喊："班长，狼来了。"班长和战友们如同听到"紧急集合"哨声似的，猛地从床上跃起，带上铁铲就往哨位方向跑去。

也许是班长的手电筒光照射，也许是战友们紧急的脚步声，那群快到哨位的"绿眼睛"黑影，突然间转身就消失在这片橡胶林里。

"绿眼睛"是走了，可雨仍没停。没见过此场景的我，回到哨位后整个身子一直在发抖。

"不要害怕，我来陪你站岗。"班长见我这种状况，赶忙走过来安慰我，并告诉我，这是一群生活在橡胶林中眼睛似狼的动物，平时经常在哨所门口出没。

那一晚，由于我害怕，弄得其他新兵也害怕。班长陪了我后，又陪着其他新兵站了一夜岗。

第二天，新兵连指导员知道昨晚出现的"闹剧"后，觉得很有必要给我们讲一讲哨所外那片林子的故事。

原来，这片橡胶林是我国第一批引进良种育苗，橡胶工人用了长达10年的时间精心护理、培育起来的。

当年哨所外荒无人烟，橡胶工人在这里开荒展开育苗实验成功后，这里就成了他们扎根安身的家，也留下了他们忙碌的身影：春天他们为苗儿培土施肥，夏天他们为苗儿打好抗台风围挡，秋天他们为苗儿浇水，冬天他们为苗儿盖草防冻。白天他们顶着烈日拔草，夜里他们顶着星辰浇灌。

3000多个日日夜夜，正是橡胶工人不畏这里环境的艰苦，才让这片林子经受了春寒料峭、夏风狂扫、秋雨萧瑟、冬霜冷冽，把这片荒芜的土地打造成了全国第一个橡胶林种植的试验区。

　　林子很大，也非常茂盛，如此好的生态自然引来了不少动物的光顾。这里的橡胶工人既要在春天寒意未消时巡逻，也要在夏日炎炎里连夜割胶，还要在台风狂扫的时节里顶风护林，更要在秋冬干燥时节做好林地防火。特别是割胶季节，这里的橡胶工人每人都要在林子里工作10天以上，有时为赶在好天气里完成任务，他们甚至连夜割胶。

　　周而复始，他们在蚊虫叮咬、毒蛇侵袭、野生动物攻击等恶劣环境里，历练出了过硬的心理素质和野外作业生存能力。

　　……

　　指导员上完课的当晚，连里就搞起了全连"紧急集合"，按战时要求，把我们这些新兵拉进了橡胶林，进行5公里夜间拉练。目的就是让我们在夜间拉练中了解这片橡胶林，锻炼我们的心理素质。

　　在随后三个月的新兵训练里，连里为强化我们的心理素质，消除害怕心理，利用哨位外这片橡胶林展开了系列夜间训练。

　　夜间训练，既有连里统一组织的5公里拉练，也有排里组织的10公里快速突袭，还有班里组织的沿着橡胶林大外圈20公里快速行军。一周两次拉练下来，我们的心理素质一天比一天强了起来。

　　就这样，哨所外的这片橡胶林成为强化我们心理素质的好战场，也成为我们向橡胶工人学习战胜困难的精神力量窗口。

这种精神力量，既激励我在军营上高山、下海岛和投身无名海域，用笔为官兵抒怀讴歌，也激励我在地方工作岗位上服务大局、默默奉献。

30多年过去了，哨所前那片橡胶林依然是我人生精神领域的一道风景线。

（原载于2018年09月13日《南方日报》，获"粤垦越精彩"征文二等奖）

《南方日报》助我写作之路走得更远

打开留存在书柜里的那一本一本剪报，那一篇篇刊登在《南方日报》的文章让我倍感亲切，思绪仿佛又回到了那年那月采访外国军舰访问广州的情景、那上高山和下海岛采访的场景、那随军舰一同出海训练及执行任务的日子、那世界豪门皇马足球俱乐部和NBA篮球队来访广州等精彩时刻……

其实，我与《南方日报》结缘很深。能成长为既能写新闻作品，又能写文学作品，还能写评论、理论文章的多面手，与《南方日报》政文、文体、理论、评论等部门老师的精心指导有着密切关联。

记得那年春节，我作为一名军事记者在珠江口一海岛上陪一名战士过年。临行前，我与《南方日报》跑军事线的毛哲老师说了此行采访的目的。毛哲老师指导我说，这是一个非常好的题材，让我既要把这名战士一天的工作记录下来、写出来，还要把这名战士平时的感人故事一同融进去，稿子要这样采写才能感人。几天后，当我把《"兵站长"的春节》一稿发给他时,他专门给我打来电话,说稿子很到位,马上编发。当我从海岛回到广州,部队首长见到我的第一句话是:这篇报道抓得好、写得好。我连忙回答:这是《南方日报》老师指导得好。不久,《解放军报》头版也刊发了这篇通讯。

我作为一名军事记者,对军内采访报道典型人物和先进单位有充足的写作经验,而对军地媒体如何联合同步宣传报道典型,真的经验不足。1999年12月20日澳门回归祖国。为做好海军驻珠海工程部队援建澳门供水工程的典型军地同步宣传,我在《人民海军》报南海记者站站长李湘东带领下,专门带着采写好的主通讯稿《引来西江水,莲花更艳丽》来到《南方日报》,向时任总编辑王春芙汇报了军地同步报道这一典型的请求。王总编一听,当场答应配合海军宣传好这一典型,并向编辑记者提出了同步报道的要求。《南方日报》与中央媒体同步对这一典型进行宣传,在军地引起强烈反响,也让我对《南方日报》那句"高度决定影响力"的定位有了更深层次的理解。

作为一名军事记者,采写好军事新闻作品是首要任务。而爱好文学的我,对一些感人故事和见闻,并不满足于用新闻的形式做完报道了事,而是用文学笔调抒发自己的情怀,用独特的视角及手法去表现军旅文化。那些年月我撰写的《中校夫人,伟大的平凡》《海上圆梦》《学子春联抒怀》《海上布靶》《今日水兵的海文化》《雪山阜地官兵情》《五六斤的故事》等散文作品,经《南方日报》副刊部编辑老师的润色,呈现在版面上,让我心中的文学情怀进一步得到了抒发。2014年,是我离开军旅到地方工作的第十个年头,已经多年不写文学稿的我,在《南方日报》副刊编辑老师的鼓劲下,重拾笔墨积极为副刊《海风》《闲趣》撰写散文、诗歌、随笔,至今已刊发近60篇。这几年,我凭《南方日报》发表的文学作品,成了广州市作家协会、广东散文诗学会、广东省作家协会会员。但心中念念不忘的还是《南方日报》这片热土,想着《南方日报》娘家人鼓励的目光。

后来,我转业到地方负责体育新闻宣传工作,《南方日报》也一直是支持我工作与生活的坚强后盾。这十多年工作生涯中,世界豪门曼联、皇马足球俱乐部登陆广州,美国梦之队中国广州行,NBA篮球队中国广州站,世界乒乓球锦标赛,世界羽毛球锦标赛,广州国际龙舟邀请赛,广州马拉松赛等国际赛事的宣传效应,都离不开文体新闻中心编辑记者的一同策划、一同采写。是他们的一条条策划意见和建议,打开了我的宣传思维;是他们的一篇篇经典报道,让我从中吸取了丰富的营养,融会贯通理出了一条体育大赛从赛前、赛中到赛后的新闻宣传模式,《南方日报》也让我连续3年当选了十佳通讯员。

全民健身上升为国家战略,体育的民生工程作用越来越得到彰显。为使体育宣传既保持赛前、赛中、赛后的专题策划报道,又能有评论、理论文章作为引导,近年来,我又尝试撰写了《广州体育赛事向高质量高水平迈进》《推动体育产业发展的排头兵》《广州再当足球改革排头兵》《全民健身,规划先行》《全民健身日,全民嘉年华》《广州再喝体育惠民头啖汤》《广州国际龙舟邀请赛彰显国际影响力》等20多篇评论、理论文章,经理论评论部编辑老师精心编发,多次得到省市分管体育领导和部门领导表扬,说我开拓了体育宣传新领域。

20年新闻宣传路,一路走来,在蹒跚学步中前进,在《南方日报》各位同仁、老师的引导帮助下,我一步步成长,从新闻采写的小学生成长为能独当一面的写作熟练手,感恩于怀,铭刻于心。今逢《南方日报》70周年,想说的感谢实在难以言表。只愿《南方日报》越办越好,"高度决定影响力"这一品牌越擦越亮。

(原载于2019年07月19日《南方日报》,入选"我与南方日报"的故事征文集《见证南方》一书)

星海淌过我心河

黄河，是中华民族奔流不息的血脉，是祖国日日夜夜澎湃的激情。看着它，仿佛看到了金戈铁马征战的战场；听着它，仿佛听到了中华儿女激情高昂的大合唱。

从冼星海的故里——广州南沙榄核镇采风归来，我一直在琢磨着：冼星海用心谱写的《黄河大合唱》《在太行山上》等名曲，能震撼人们的心灵，能一代一代地传唱，其动力源在哪呢？

今年的国际博物馆日，我有幸参加广州体育文化博物馆的活动，又见到了著名雕塑家曹崇恩老师。

曹崇恩老师是我们广州体育文化博物馆的艺术顾问，我与他见过多次面。印象最深的是2018年国际博物馆日，他亲临广州体育文化博物馆为他创作的里约奥运会冠军陈艾森雕像落户"冠军之家"揭幕，可惜那时我没有机会与他细聊他创作的心路历程。

那一天，我与曹崇恩老师谈及到冼星海故里采风之事，他听后，从袋子里拿出一本书对我说:"送一本书给你看看,也许对你的写作有帮助!"接着,曹崇恩老师谦虚地签上大名将书递给了我。

接过书,我一看书名《见证历史——曹崇恩雕塑创作纪实》,马上用心翻阅,才得知曹崇恩老师是第一个雕塑冼星海铜像的人,也是为星海园、冼星海纪念馆、冼星海墓建设作出特殊贡献的人。敬佩之心、仰慕之情油然而生,让我很想从曹崇恩老师身上捕捉到能拉直我心中问号的答案。

"我出生于抗战救国时的1933年。4岁那年,日本飞机多次轰炸我的故乡广西灵山县(原属广东省),那平民百姓被日本飞机低空轰炸的惨烈场景,那耕牛被炸得鲜血迸溅、骨肉横飞的景象,至今回想,仿佛就发生在昨天……"谈起创作冼星海雕像的起因,曹崇恩老师回忆起他少年时期的生活,露出沉痛忧伤的神色。

"1984年,创作雕塑人民音乐家冼星海铜像,不是我心血来潮,而是因为冼星海的《黄河大合唱》《在太行山上》等名曲,不仅铜像为全国人民团结抗日增添了精神力量,也如同一股股暖流淌过我的心河,时刻激励着我为祖国创作正能量作品,我是听着冼星海的曲子长大的。"曹崇恩老师一语道出了他的创作心声。

"冼星海是广州人,作为一名听着他创作的歌曲长大的农村孩子和新中国培养的第一批雕塑家,我有责任、有义务为这位人民音乐家雕塑一座铜像,让后人铭记这位人民音乐家,传承和弘扬他这种为抗日救国而歌、为创造人民美好生活而不懈追求的崇高精神。"曹崇恩老师创作冼星海铜像的宗旨建立在一个大写的家国情怀之上。

然而，人民音乐家冼星海的名字，虽然家喻户晓，可是怎样准确把握并生动展示他的美好形象，却让曹崇恩老师真的花费了心思。他翻阅了数十年来留存的冼星海的生活图片，从冼星海为抗日救国忙碌创作的神态中捕捉创作灵感；他观看了大量的抗战影视剧，通过剧中的场景感受近代热血青年为抗日救国而奔波创作的环境，从中寻找灵魂的共性；他还深入采访冼星海的家人，从冼星海的日常生活习惯中了解他独有的个性特质；甚至他有时陪家人在珠江边散步，也会用珠江水来联想黄河水，联想冼星海创作时的心路历程。

一次次否定与肯定，一回回反复征求意见，曹崇恩老师最终还是从冼星海这个人物的个性中找到了突破点：他是一个社会进步青年，也是一个革命青年，贫苦的出身、多年的国外留学生涯和投身革命的热忱，中华传统文化和西方文化在他身上完美融合，这使他的思维方式与众不同。于是，曹崇恩老师在画稿上用身披围脖、眼神凝聚的形象，把冼星海在抗战时期创作时的神态、气质展现得淋漓尽致。画稿一出，就得到业界的一致好评。

"风在吼，马在叫，黄河在咆哮……"曹崇恩老师回忆起那段创作雕塑冼星海铜像的心路历程，情不自禁地哼起了冼星海创作的曲调。他说，为了解冼星海，读懂他的爱好和他的喜怒哀乐，那段时间，他的工作室里播放的都是《黄河大合唱》《在太行山上》等系列音乐，目的是从冼星海的作品出发，跟他聊天交朋友，进一步激发自己的创作激情，让这些音乐时刻如同黄河水和珠江水一样淌过自己的心河,让心灵在雕塑中凝练升华。

1984年,这座用心、用情铸就的冼星海铜像在媒体上亮相了。让曹崇恩老师没想到的是:国家邮政局专门打电话给他,要把《冼星海》作品印制成8分邮票,并于1985年全国发行。

带着成功的喜悦,带着传承与弘扬冼星海的创作精神的目的,曹崇恩老师没有停下他研究冼星海的脚步,而是向政府建议将位于麓湖的冼星海墓地改建为星海园,并在园内设立冼星海纪念馆供后人参观学习。建议得到政府部门批准后,曹崇恩老师又从艺术欣赏的角度,把冼星海的雕塑制作成大型花岗岩石像,把墓地与纪念馆融为一体,把星海园打造成广州市爱国主义教育基地,成为市民领略《黄河大合唱》精髓的精神家园。曹崇恩老师创作的第一座冼星海铜像,被"请进"了许多大专院校。

其实,在我认识的著名雕塑家中还有一位中国雕塑界泰斗人物——潘鹤老师,他和儿子潘放都是我们广州体育文化博物馆的艺术顾问。潘鹤老师在93岁高龄那年,与儿子潘放联手创作了一座具有深刻文化内涵和高超艺术水准的冼星海铜像。这座雕像已成为南沙区榄核镇新的文化名片,也成为榄核镇的新地标。

采风归来那晚,我专门给潘放老师打了电话,恳请他说说创作这座雕塑的起因和心路历程。潘放老师很高兴,但很低调,一声"感谢支持"后,说"相关资料可见媒体报道,我没有新的补充"。

我与潘鹤老师、潘放老师在体育文化交流活动中见过多次面,印象最深的是2016年首批冠军雕像落户广州体育文化博物馆"冠军之家"揭牌仪式上。潘鹤老师创作了中国体育史上三座丰碑式人物之一陈镜开的雕塑，而潘放老师创作的是洛杉矶奥运会冠军陈伟强的雕塑，父子俩是一同前来参加揭牌仪式的。

2016年初，榄核镇政府拟在星海文化广场竖立冼星海雕塑，委托羊城晚报报业集团物色合适的雕塑家。

雕塑界泰斗级人物潘鹤老师，如能出山创作人民音乐家冼星海雕像，肯定能创作出影响力大、超越时代的经典作品，其经济价值、文化价值、美学价值更不容评说。可潘鹤老师当时已是93岁高龄，他能出山来创作这一雕塑作品吗？

"为冼星海这样的人民音乐家创作雕塑作品，我愿意带上我的儿子一同来创作。"没想到一听明羊城晚报报业集团代表的来意，潘鹤老师就爽快地答应了。

后来，他们才得知，原来潘鹤老师对冼星海很有情怀。冼星海是中国近代著名作曲家、钢琴家，也是民族新音乐事业的先锋，有"人民音乐家"之称，是中国新音乐运动的旗帜。冼星海的代表作《黄河大合唱》《在太行山上》《到敌人后方去》等，是抗日期间唤起中华民族觉醒意识的号角，至今仍广为传唱，激励着一代代国人奋发图强。潘鹤老师作为深受冼星海这种爱国情怀影响的雕塑家，带着儿子一同为冼星海故里榄核镇雕塑冼星海铜像，其目的就是为这样的民族音乐家"塑魂"，让儿子这一代把人民音乐家冼星海这种爱国敬业的情怀弘扬下去。

于是，带着对冼星海特别敬重的情怀，领受任务的潘鹤、潘放父子俩，为让这座即将屹立于冼星海故里的冼星海雕像比全国各地的冼星海雕像更有"精、气、神"，收集了全国各地大量的冼星海雕像资料进行对比与取舍，揣摩冼星海的神态，领悟冼星海的心灵，体会冼星海的人格魅力。

人文的融合，是一件好作品在不断酝酿、构思和灵感的找寻中才能发现的。基于这一原则，潘鹤老人要求潘放老师必须到冼星海故里实地考察。

星海故里，榄核河边，百年古榕，珠江帆影，潘放老师在实地走访中，耳畔仿佛听到了榄核河飘来的咸水歌和劳动号子声。他想，这歌声、这号子，不正是那个年月陪伴冼星海的声音吗？这榄核河的涛声，不正是那个年月冼星海谱写《黄河大合唱》的前奏曲吗？

考察归来，潘放老师向父亲潘鹤汇报了自己的想法，说冼星海身上既有广东人勤劳勇敢的基因，又有受西方文化浸润的元素，可以用"洋外衣"来体现他作为进步青年的开化面，而内衣则用军装来呈现他作为中国人的情怀和志向。潘鹤老人肯定了潘放老师的设想，说这样就能将冼星海从一个进步青年到革命青年的成长过程完美地呈现出来。

4月，冼星海雕塑手稿和泥稿大样呈现在人们眼前：外衣穿"洋大衣"、内衣穿军装，右手拿着一根指挥棒，左手按着一叠乐谱，将冼星海作为人民音乐家的身份符号表现出来；而脚下的太行山、黄河、长江、珠江，抗日歌声嘹亮，既将抗日的重要元素和符号进行了深度的融合，又将冼星海重要创作曲目名称进行巧妙结合。真是一座影响力大、超越时代的经典作品。

潘鹤、潘放父子俩没有沉浸在人们的赞美声中,而是将精力放在听取社会各界意见上。在与榄核镇达成统一意见后,潘放老师将冼星海雕塑初稿放大,与羊城晚报报业集团代表一同飞赴杭州,面对面征求冼星海女儿冼妮娜的意见。冼妮娜亲笔写下这样的评语:潘鹤、潘放先生联合创作的冼星海雕塑从创意到造型都不错。她与潘氏父子共同揭幕,成就了冼星海回归故里的心愿。

潘鹤老人笑了,因他最后的心愿了却了,他看到冼星海"回家了"!黄河、珠江、榄核河笑了,因为有了冼星海这位人民音乐家代言,分别展现出了各自的新魅力。

岁月的变迁,改革开放大潮的冲刷,历经百年沧桑的榄核镇,昔日荒滩沙洲变成了国际大都市广州的后花园,落后贫瘠的小渔村变成了美丽、富饶、和谐的钻石水乡。村民的口袋鼓了,小洋楼住上了,榄核镇处处欢声笑语。至2019年,全镇规模以上的企业实现产值145亿元,税收收入14.56亿元。

经济上了层次,传承星海精神、打造本土文化高地,便成为榄核镇党委政府的首要任务。星海艺术基地、星海艺术产业园、冼星海(故里)纪念馆、冼星海艺术创作中心、香云纱文化创意园等文化载体如雨后春笋般崛起;广邀国内外文化名人前来授课和采风,为培养本土作家、艺术家营造了良好的文艺创新氛围,涌现出了一批像卢万华这样20多次获国家级奖的画家、作家、艺术家。

如今的榄核镇,水清岸绿,物产丰饶,路宽景靓,书墨飘香,城市的喧闹与乡村的幽静在这里美好地交融，犹如镶嵌在粤港澳大湾区的一颗璀璨明珠。

……

三位雕塑家创作人民音乐家冼星海雕塑的心路历程，再次把我拉回到置身于南沙区榄核镇星河文化广场采风那一天的场景：我抬头望着冼星海的雕塑，仿佛看到一手高举指挥棒、一手按压自己创作乐谱的冼星海，正在巍巍太行山上迎风而立，把抗日的情怀用乐谱释放；他正在涛声如瀑的黄河边挥舞着指挥棒，《黄河大合唱》如排山倒海般此起彼伏、久久回荡；他正站在故乡的榄核河上，面对浩瀚的珠江口，倘若在天有灵，一定会谱写出一部新时代的《珠江大合唱》……

而此刻的我，感觉有一股暖流从心间缓缓地淌过……

（原载于 2021 年 08 月 24 日《羊城晚报》和 2021 年 06 月 26 日中国作家网，获"红心向党，爱我榄核"全国征文二等奖）

文缘情定东涌

认识一个地方,与一个地方结下不解的文缘或情缘,可能与一个地方的风物有关,也可能与一个地方的人物有缘。我与东涌结文缘,既有前者的因素,也有后者的情缘,可以说两者兼具。

对东涌镇的第一印象,源于有一年广州市委宣传部在东涌召开文化建设观摩会,我作为参会单位的代表参加了会议,并实地参观了大稳村文化展览馆和东涌文化广场等场所。在听了东涌镇领导做汇报后,我才清楚东涌是一个很有文化底蕴的大镇。

真正认识东涌、感悟东涌,还是加入广东散文诗学会后。在那里,我结识了时任南沙区作家协会主席何霖。何霖是中国作家协会会员和广东散文诗学会副会长,人很勤奋,文学创作很有成就,出版了不少大部头作品集,令我十分仰慕和敬佩。

2016年3月底,广东散文诗学会微信群发通知说,由广东散文诗学会、南沙区作家协会等共同举办的东涌镇第二届"全国名镇·醉美东涌"散文诗全国征文比赛开始了,请会员抽出时间参加本次采风。

我是散文诗学会会员,虽然对东涌有印象,但对东涌历史脉络不熟悉。于是,我赶紧私信在东涌镇工作的何霖,请他介绍一下东涌的简要情况。

原来,东涌是位于珠江三角洲腹部的一个镇。在远古时代,这里还是一片泽国。南北朝时,这里是水深6至7米的浅海。到南宋时,先民开始在这里围垦造田。到了清代,东涌围内逐渐出现一个形似鼻子的沙洲,叫"沙鼻梁"。清代中叶,开始有"疍民"在此聚居并形成村落。为取"吉祥如意"的寓意,当地人就将"沙鼻梁"一带命名为"吉祥围"。由于吉祥围的东面是一条小河(或叫"涌"),于是"东涌"名字慢慢被叫开。故"吉祥围"即是"东涌"的发源地。

这么有故事、有诗意的地方,让有着想尝试散文诗创作的我,踏上了东涌这块热土。

行走在东涌的文化广场,我被这里舞者的节奏、歌者的旋律、滑轮少年旋转的身影点燃了激情;乘船航行在东涌的河涌,走进东涌农耕渔猎展览馆,见证了疍家人的辛酸历程,见证了秋收稻谷香的丰收景象,见证了婚姻嫁娶的美好时光,也见到了游客们开心、幸福的笑脸……

采风归来,虽收获满满,但我对怎样把这些美景写成散文诗,脑海里仍是一片空白。后经思考,虽然写出一个组章,但总觉得不满意,故没有投稿参赛。

刚开始,征文组委会对我没有写散文诗作品投稿参赛,还是很包容和理解的,可后来要编辑出版《全国名镇,醉美水乡:东涌镇散文诗全国征文比赛优秀作品选》一书,组委会工作人员急了。

"陈老师,书稿不够字数,请您一定要在一天时间内拿出一篇高质量的散文诗来交给征文组委会。"

我一听,这下没商量了,不写肯定不行了!于是,我对原稿用白描的手法,以穿越为主线,在诗行中体现东涌文化广场变迁、河涌文化传承等,终于修改出《风情东涌(二章)》。

交稿后,组委会工作人员当即回复:"陈老师第一次写散文诗,就能写出这样美好的感觉,今后每届征文采风一定要来!"

一句"一定要来",让我从此与东涌结下了不解的文缘。此后,只要不出差,东涌每年的全国征文活动我都会参加,并时刻关注东涌日新月异的变化,研究如何把东涌的散文诗写得更有诗情画意,展现东涌新变化,歌颂东涌新风采。除此之外,节假日里,我还带着家人来到东涌一同体验生活,逛一逛东涌水乡风情街,从古朴的青石砖瓦中感受疍民当年在这里经商营造的繁华;走一走一座座寓意吉祥如意的小桥,领略一下当年疍民诗情画意的惬意;坐一坐乌篷船,听一听船夫和阿姐对唱咸水歌,感受一下疍民当年的生活乐趣;赏一赏花果长廊的景观,闻一闻花果飘香的味道,感受生态农业振兴的变化。就这样,我在努力学习和实践中,陆续写出了展现东涌精神文明建设的《文明东涌那别样的韵味(三章)》和呈现东涌吉祥围、小桥、咸水歌的《印记里的东涌时光(三章)》等散文诗和美文。

今年,东涌镇的全国征文活动又开始了,这已经是第八届征文了。这一征文现已成为东涌镇响亮的新名片,也成了东涌镇文化建设的品牌项目。相信东涌镇政府一定会把这一张文化名片越擦越亮,把这一文化品牌项目打造得更有质量。

今日的东涌,已经成为粤港澳大湾区里的一艘新航船,并驶入了新航线,发展前景无限美好。东涌既占有地处大湾区地理几何中心的天时优势,又占有方圆100公里范围内汇集大湾区11座城市以及五大国际机场,是连接珠江口两岸城市群和港澳地区重要枢纽性节点的地利,还占有田野和城市,高楼和桥梁,以及那波光粼粼的珠江水等人和优势。目前,香港科技大学(广州校区)在这里建成开学,一批高新产业企业在这里落户生产,这里已成为经济社会高质量发展的新高地。而蝴蝶楼、东涌炮楼等一批文化遗产的修复和打造,将进一步推动东涌文旅体的深度融合,东涌的文化建设将步入新的发展期。

而我与东涌的文缘注定不可断绝了。

(写于2022年6月底,获第八届"全国名镇·醉美东涌"全国征文比赛优秀奖)

后记　尊重事实

精选完这本散文集《峭壁上的芭蕾》的稿件，我那颗沉重的心虽然放下来了，但留存在心中的疑惑还是涌上了心头：

疑惑一：我揭家丑了吗？辑一"亲情印记"中，我选了书信式散文《一个多甲子后的问候》和《父亲的"断根肉"》，既写了爷爷死得早、奶奶外嫁了、父亲成了孤儿的事，也写了父亲到苗乡城步倒插门和成家后家里特别贫困的景象。有的读者肯定会问：为什么选这些，这不是揭自家的丑吗？说实在话，我在选时也曾犹豫过。但看到这些文，就让我想起了父亲，想起他为我们付出的点点滴滴。至于造成这些事实的原因，那是当年的发展形势引起的，而我只是尊重事实罢了。

疑惑二：我落伍了吗？辑二"军旅情怀"中，我选了《舰上来了个上校"女水兵"》和《当火头军的中校夫人》二文，写了舰上没有女厕所，女上校上舰维修如厕遇到的尴尬事；也写了中校夫人怎么愿意去当火头军的事。有的读者肯定会说：你落伍了，现在舰上都有女水兵了，哪来的上舰如厕难的事？还有的读者会问：老公都是中校军官了，哪舍得夫人去当火头军？说实在话，我选了这些文，就是想告诉读者们，这是人民海军发展进程中发生的人和事。这是事实，无须回避。

疑惑三：我是老师吗？本书分为"亲情印记""军旅情怀""家乡采风""家乡风物""他乡走笔""南粤风情""体育情结""征文练笔"八辑，所选的文章都见于中央、省、市报刊。为增强文章的可读性，我还在文后选了一些编辑老师和名家的点评。有的读者会说：这不是多余的吗？这不是明显地把我们当学生了吗？还有的读者会问：你是文学老师吗？有必要把自己的文章那么宣扬吗？说实在话，我选这些点评，只是为了还原编辑老师和名家对我每篇散文的编后感，让读者们看看编辑老师们和名家的编稿心路历程。这是他们的心里话，也是实话。

想到这些，我的问号终于拉直了。

"事实胜于雄辩。"让事实说话，用事实写文，文章才能有生命力。尊重事实，散文作品才能够打动读者的心弦，才能在读者心中产生共鸣。

感谢远在狮城的资深电视剧编审王启基为书名题字及进行封面创意设计，感谢为本书出版奔波劳心的广东散文诗学会陈惠琼会长，感谢扶找走上文学路的启蒙老师们，感谢一直关注、帮助、支持我的中央、省、市报刊的编辑老师们，感谢我的妻子一直以来对我写作工作的鼎力支持，感谢我的女儿在百忙之中为我写序。

雄关漫道真如铁，而今迈步从头越。这本散文集，只是我在万里文学路上迈出的第一步。文无定法，学无止境。既然开了头，我就会好好地静下心来，多读名著名篇，关注国家大政方针，关注城乡经济社会发展，关注身边的人和事，写一写自己的所见所闻，写一写自己的所学所思。厚积薄发，争取把每一篇文章写得有深度、有味道。

踏上新征程，我为自己加油。